ARTHUR CONAN DOYLE

SHERLOCK HOLMES

ARTHUR CONAN DOYLE

SHERLOCK HOLMES

O VALE DO MEDO

TRADUÇÃO
MONIQUE D'ORAZIO

Principis

DADOS INTERNACIONAIS DE CATALOGAÇÃO NA
PUBLICAÇÃO (CIP) DE ACORDO COM ISBD

D754v

Doyle, Arthur Conan 1859-1930
O vale do medo / Arthur Conan Doyle ; traduzido por Monique D'Orazio. - Barueri, SP : Principis, 2019.
224 p. ; 16cm x 23cm. – (Sherlock Holmes)

Tradução de: The valley of fear
ISBN: 978-85-94318-17-6

1. Literatura juvenil. 2. Detetive. 3. Aventura. 4. Mistério. I. D'orazio, Monique. II. Título. III. Série.

2018-531 CDD 028.5
CDU 82-93

Elaborado por Vagner Rodolfo da Silva - CRB-8/9410

Esta é uma publicação Principis, selo exclusivo da Ciranda Cultural Editora e Distribuidora Ltda.

Produção editorial e projeto gráfico: Ciranda Cultural
Tradução: Monique D'Orazio
Diagramação: Project Nine Editorial
Revisão: Project Nine Editorial e Edson Nakashima

1ª edição revista em 2020.
www.cirandacultural.com.br

Sumário

Parte um

A tragédia de Birlstone

Parte dois

Os Scowrers

Parte um

A tragédia de Birlstone

Capítulo 1

• O alerta •

– Estou inclinado a pensar... – disse eu.

– Eu é que deveria fazê-lo – Sherlock Holmes salientou com impaciência.

Acredito que sou um dos mortais que há mais tempo sofre; mas admito que fiquei irritado com a interrupção sardônica.

– Em verdade, Holmes – falei, em tom severo –, às vezes você é um pouco difícil.

Holmes estava demasiadamente absorto em seus próprios pensamentos para dar qualquer resposta imediata à minha admoestação. Inclinou-se sobre sua mão, com o desjejum intocado diante dele, e fitou o pedaço de papel que acabava de retirar do envelope. Em seguida, pegou o envelope, e o ergueu à luz para, muito cuidadosamente, estudar tanto o exterior quanto a aba.

– É a letra de Porlock – afirmou ele, pensativo. – Não posso duvidar de que seja a caligrafia de Porlock, embora a tenha visto apenas duas vezes antes. O "e" comercial com o floreio peculiar no topo é distinto. Porém, se é Porlock, deve ser algo da mais alta importância.

Ele estava falando consigo mesmo, não comigo; mas minha irritação desapareceu no interesse que as palavras despertaram.

– Quem então é Porlock? – perguntei.

– Porlock, Watson, é um pseudônimo, uma mera marca de identificação; no entanto, atrás dela reside uma personalidade evasiva e desonesta. Em uma carta anterior, ele me informou francamente que o nome não pertencia a ele e me desafiou a localizá-lo entre os milhões de habitantes desta enorme cidade. Porlock é importante, não por ele mesmo, mas pelo grande homem com quem ele mantém contato. Imagine o peixe-piloto com o tubarão, o chacal com o leão; qualquer coisa insignificante na companhia do que é formidável: não apenas formidável, Watson, mas sinistro; o maior grau na escala das coisas sinistras. É aí que ele adentra meu raio de alcance. Você já me ouviu falar do professor Moriarty?

– O famoso criminoso científico, tão famoso entre os desvirtuados como...

– Poupe-me dos rubores, Watson! – Holmes murmurou em uma voz de censura.

– Eu estava prestes a dizer: como ele é desconhecido para o público.

– Exato! Tocou no ponto certo! – exclamou Holmes. – Você está desenvolvendo certa veia inesperada de humor sagaz, Watson, contra a qual eu devo aprender a me proteger. Mas chamando Moriarty de criminoso você está proferindo um libelo aos olhos da lei; e aí que reside a glória e a maravilha disso tudo! O maior maquinador de todos os tempos, o organizador de todas as maldades, o cérebro controlador do submundo, um cérebro que poderia ter feito ou maculado o destino das nações: eis o homem! Contudo, tão distante ele se encontra da desconfiança geral, tão imune às críticas, tão admirável na gestão de seus negócios e em sua dissimulação, que, por essas palavras que você proferiu, ele poderia levá-lo a um tribunal e sair de lá com um ano de pensão paga por você como uma reparação pela ofensa moral. Afinal, ele não é o célebre autor de *A dinâmica de um asteroide*, um livro que alcança tais alturas rarefeitas da Matemática pura, que dizem que não havia homem na imprensa científica capaz de criticá-lo? Esse lá é homem de se difamar? O médico maledicente e o professor caluniado: esses seriam os seus respectivos papéis. É genial, Watson. Mas se eu for poupado por homens inferiores, nosso dia certamente chegará.

– Quisera eu estar lá para ver! – proferi devotamente. – Mas você estava falando desse sujeito Porlock.

– Ah, sim, o chamado Porlock é um elo na cadeia, ligeiramente distante da ligação mais importante. Porlock não é um elo perfeito, cá entre nós. Ele é a única falha nesta cadeia até onde eu pude testá-la.

– Mas nenhuma corrente é mais forte do que seu elo mais fraco.

– Exatamente, meu caro Watson! Daí a extrema importância de Porlock. Levado por algumas aspirações rudimentares na direção do que é certo, e incentivado pelo estímulo criterioso de uma ocasional nota de dez libras enviada a ele por métodos tortuosos, uma ou duas vezes ele me deu informações antecipadas que foram de valor; daquele mais alto valor capaz de antecipar e prevenir o crime, em vez de vingá-lo. Não posso duvidar de que, se tivermos a chave do código, poderemos descobrir que esta comunicação é da natureza que eu indico.

Mais uma vez, Holmes alisou o papel sobre seu prato intocado. Eu me levantei, inclinei-me sobre ele e mirei os olhos na curiosa inscrição, que dizia:

534 C2 13 127 36 31 4 17 21 41
DOUGLAS 109 293 5 37 BIRLSTONE
26 BIRLSTONE 9 47 171

– A que conclusão chegou, Holmes?

– É obviamente uma tentativa de transmitir informações secretas.

– Mas qual a serventia de uma mensagem cifrada sem a cifra?

– Neste caso, nenhuma.

– Por que você diz "neste caso"?

– Porque há muitas cifras que eu leria tão facilmente como leio as mentiras da coluna de agonia[1]: tais dispositivos brutos divertem a inteligência sem fatigá-la. Mas isto é diferente. É uma referência clara às palavras na página de um livro. Até que me digam qual página e qual livro, estou de mãos atadas.

– Mas por que "Douglas" e "Birlstone"?

– Claramente porque essas palavras não estavam contidas na página em questão.

---

1 Uma coluna em jornal ou revista que oferece conselhos ou respostas a problemas pessoais enviados pelos leitores. (N.T.)

– Então por que ele não indicou o livro?

– Sua sagacidade nativa, meu caro Watson, essa astúcia inata, que é o deleite dos seus amigos, certamente o impediria de guardar a chave do código e a mensagem no mesmo envelope. Se cair em mãos erradas, você está perdido. Da forma como está, ambos têm que dar errado para que qualquer mal advenha dele. Nossa segunda correspondência agora está atrasada, e eu ficaria surpreso se não nos trouxesse uma carta de explicação adicional ou, mais provavelmente, o exato volume ao qual esses números se referem.

O cálculo de Holmes tornou-se realidade dentro de pouquíssimos minutos, pela aparição de Billy, o pajem, com a própria carta que estávamos esperando.

– A mesma escrita – observou Holmes, quando abriu o envelope –, e assinado, inclusive – acrescentou com uma voz exultante ao desdobrar a epístola. – Ora, estamos caminhando, Watson.

Sua expressão assumiu um ar sombrio, no entanto, quando ele leu o conteúdo de relance.

– Ora essa, isso é muito decepcionante! Temo, Watson, que todas as nossas expectativas chegam a nada. Creio que o homem Porlock não fará mal.

> CARO SR. HOLMES [ele diz]:
>
> Não vou me aprofundar nesta matéria. É muito perigosa, pois ele suspeita de mim. Eu percebo que ele suspeita de mim. Ele me procurou inesperadamente depois que eu havia inclusive endereçado este envelope com a intenção de lhe enviar a chave para o código cifrado. Consegui encobrir a

correspondência. Se ele a tivesse visto, as coisas teriam sido difíceis para mim. Mas li suspeita nos olhos dele. Por favor, queime a mensagem cifrada, que agora pode ser inútil para o senhor.

FRED PORLOCK.

Holmes permaneceu sentado por algum tempo, torcendo a carta entre os dedos e franzindo o cenho, fitando o fogo da lareira.

– Afinal de contas – ele disse algum tempo depois –, pode não haver nada nisso. Pode ser apenas a consciência culpada de Porlock. Sabendo-se um traidor, ele pode ter lido a acusação nos olhos do outro.

– O outro, eu presumo, ser o professor Moriarty.

– Ninguém menos! Quando qualquer um deles fala de um "ele", você sabe de quem estão falando. Há um "ele" predominante para todos eles.

– Mas o que *ele* pode fazer?

– Hum! Essa é uma grande pergunta. Quando se tem um dos melhores cérebros da Europa contra você, e todos os poderes das trevas lhe dando apoio, há infinitas possibilidades. De qualquer forma, o amigo Porlock teve suas faculdades prejudicadas pelo medo. Faça a gentileza de comparar a escrita do bilhete com essa do envelope. Segundo ele nos diz, o envelope foi endereçado antes da visita agourenta. Uma é clara e firme. A outra, ilegível.

– E por que então ele se deu o trabalho de escrever? Por que não simplesmente desistiu?

– Porque ele temia que eu fosse fazer algum tipo de inquérito a respeito dele nesse caso, e, possivelmente, lhe atrair problemas.

– Sem dúvida – acentuei –, é claro. – Eu havia pegado a mensagem cifrada original e a estava observando de sobrancelhas franzidas. – É quase enlouquecedor pensar que pode haver um segredo muito importante aqui neste pedaço de papel, e que penetrá-lo pode estar além do poder humano.

Sherlock Holmes afastou seu desjejum intocado e acendeu o cachimbo desagradável, que era seu companheiro nas meditações mais profundas.

– Duvido! – falou, reclinando-se e olhando para o teto. – Talvez existam pontos que escaparam à sua inteligência maquiavélica. Vamos considerar o problema à luz da razão pura. A referência deste homem é um livro. Esse é o nosso ponto de partida.

– Um tanto vago.

– Vejamos, então, se podemos reduzi-lo. Quando foco minha mente na referência, ela parece menos impenetrável. Que indícios temos sobre esse livro?

– Nenhum.

– Ora, ora, decerto que não é tão ruim assim. A mensagem cifrada começa com um grande 534, não é? Podemos tomar como uma hipótese de trabalho que 534 é a página específica à qual a cifra se refere. Assim, nosso livro já se tornou um livro *espesso* que certamente foi ganhado. Quais outras indicações nós temos sobre a natureza desse livro espesso? O sinal seguinte é C2. O que você acha disso, Watson?

– Capítulo dois, sem dúvida.

– Acho difícil, Watson. Você, com certeza, concordará comigo que, se a página é dada, o número do capítulo é irrelevante. Além disso, se encontrarmos a página 534 só no segundo capítulo, o comprimento do primeiro deve ter sido realmente intolerável.

– Coluna! – exclamei.

– Brilhante, Watson! Você está brilhante esta manhã. Se não é coluna, eu estaria muito enganado. Então, agora, veja só, nós começamos a visualizar um livro espesso, impresso em colunas duplas de comprimento considerável, já que uma das palavras, no documento, recebeu o número 293. Teremos chegado aos limites do que a razão pode fornecer?

– Temo que chegamos.

– Certamente você está sendo injusto consigo mesmo. Mais um lampejo, meu caro Watson, e mais uma ideia luminosa! Se o volume fosse incomum, Porlock o teria me enviado. Em vez disso, ele teve a intenção, antes que seus planos fossem dilapidados, de me enviar a pista neste envelope. É o que ele diz na correspondência. Isso parece indicar que ele supunha que eu não teria dificuldade em encontrar o livro por mim mesmo. Ele o tinha, e ele imaginava que eu o teria também. Em suma, Watson, é um livro muito comum.

– O que você diz parece plausível.

– Então reduzimos nosso campo de buscas a um livro grande, impresso em duas colunas e de uso comum.

– A Bíblia! – exclamei, triunfante.

– Muito bom, Watson, muito bom! Porém, se me permite o comentário, não bom o suficiente! Mesmo se eu aceitasse o elogio por mim mesmo, dificilmente poderia citar um volume mais improvável de estar à mão dos associados de Moriarty. Além disso, as edições da Sagrada Escritura são tão numerosas que ele não deve supor que duas edições teriam a mesma paginação. Claramente, esse é um livro padronizado. Ele tem certeza que sua página 534 corresponderá de modo exato à minha página 534.

– Mas pouquíssimos livros corresponderiam.

– Exatamente. É aí que reside a nossa salvação. Nossa busca estreita-se a livros padronizados que, espera-se, qualquer um possa ter.

– Bradshaw[2]!

– Há dificuldades, Watson. O vocabulário de Bradshaw é vigoroso e conciso, porém, limitado. A seleção de palavras dificilmente se adequaria ao envio de mensagens gerais. Eliminaremos Bradshaw. O dicionário é, receio, inadmissível pelo mesmo motivo. Então, o que resta?

– Um almanaque!

– Excelente, Watson! Eu estaria muito enganado se você não tivesse tocado no ponto. Um almanaque! Consideremos as alegações do almanaque de Whitaker. É de uso comum atualmente. Tem o número necessário de páginas. As páginas possuem coluna dupla. Embora modesto em seu vocabulário inicial, torna-se, se me lembro bem, bastante loquaz mais para o fim. – Ele pegou o volume de sua mesa. – Aqui está a página 534, coluna dois, um bloco substancial de texto impresso, discorrendo, eu noto, sobre o comércio e os recursos da Índia britânica. Anote as palavras, Watson! O número treze é "Mahratta". Não é, receio, um início muito auspicioso. Número cento e vinte e sete é "Governo"; o que, ao menos, faz sentido, embora seja um tanto irrelevante para nós e para o professor Moriarty. Agora vamos tentar novamente. O que o governo de Mahratta faz? Ai de mim! A próxima palavra é "pelo de porco". Estamos arruinados, meu bom Watson! É o fim!

---

2 Publicação inglesa que indica os componentes de uma família nobre e sobre seus altos cargos. Assim como também pode fornecer outras informações sobre o Império Britânico. (N.R.)

Ele falara em tom zombeteiro, mas o tremor de suas sobrancelhas espessas revelava sua decepção e irritação. Sentei-me indefeso e infeliz, olhando para o fogo. Um longo silêncio foi quebrado por uma exclamação súbita de Holmes, que correra para o armário, do qual voltou com um segundo volume em sua mão, de capa amarela.

– Nós pagamos o preço, Watson, por sermos muito adiantados! – ele exclamou. – Estamos antes do nosso tempo, e sofremos as penalidades costumeiras. Como é 7 de janeiro, há uma grande chance de que nos lançamos sobre o almanaque novo. É mais do que provável que Porlock retirasse sua mensagem do almanaque antigo. Sem dúvida, ele nos teria contado esse fato caso a carta de explicação houvera sido escrita. Agora vejamos o que a página 534 tem guardada para nós. Número treze é "Há", o que é muito mais promissor. Número cento e vinte e sete é "perigo", portanto, "Há perigo" – os olhos de Holmes estavam brilhando de emoção, e seus dedos finos e nervosos se contorciam enquanto ele contava as palavras – "adiante". Aha! Aha! Primordial! Escreva isso, Watson. "Há perigo adiante-pode-chegar-muito-brevemente-um certo"; em seguida, temos o nome: "Douglas", "rico-fazendeiro-agora-em-Mansão-Birlstone-confiança-é-urgente". Aí está, Watson! O que você acha da razão pura e de seu fruto? Se o verdureiro tivesse algo como uma coroa de louros, eu teria mandado Billy buscá-la.

Eu fitava a estranha mensagem, que acabava de escrever conforme ele decifrava, em uma folha de papel sobre meu joelho.

– Que maneira mais peculiar de expressar o que ele pretendia dizer! – disparei.

– Pelo contrário, ele fez muito bem – contrapôs Holmes. – Quando se pesquisa uma única coluna de palavras com o qual se pretende expressar sua mensagem, não se pode esperar obter tudo o que se deseja. Você é obrigado a deixar algo para a inteligência do seu correspondente. O significado é perfeitamente claro. Pretende-se causar algum tipo de feito demoníaco contra *um certo* Douglas, seja lá quem este for, que reside no local mencionado; um cavalheiro rico do campo. Ele está certo, "confiança" é o mais próximo que ele poderia conseguir de "confiante": é urgente. Aí está nosso resultado, e que análise mais primorosa foi essa!

Holmes tinha a alegria impessoal do verdadeiro artista em sua melhor obra, mesmo que lamentasse sombriamente quando ficava abaixo do nível elevado a que ele aspirava. Ele ainda estava rindo por seu sucesso quando Billy abriu a porta, e o inspetor MacDonald da Scotland Yard foi conduzido para dentro da sala.

Aqueles eram os primeiros dias no final dos anos 1880, quando Alec MacDonald estava longe de ter alcançado a fama nacional que hoje ele alcançou. Era um integrante jovem, porém confiável, da força dos detetives, que se havia destacado em vários casos a ele confiados. Sua figura alta e ossuda era promessa de uma força física excepcional, enquanto que seu enorme crânio e olhos fundos e lustrosos falavam não menos claramente da inteligência afiada que reluzia por trás de suas sobrancelhas espessas. Ele era um homem silencioso e preciso, com uma natureza severa e um forte sotaque de Aberdeen.

Já duas vezes em sua carreira, Holmes o ajudara a alcançar o sucesso, sendo a alegria intelectual do problema sua única recompensa. Por essa razão, o carinho e respeito do escocês para com seu colega amador eram profundos, e ele os demonstrava por meio da franqueza com que consultava Holmes em todas as dificuldades. A mediocridade não conhece nada mais elevado do que a si mesma; mas o talento reconhece instantaneamente a genialidade, e MacDonald tinha talentos suficientes para que sua profissão lhe permitisse perceber que não havia humilhação na busca da assistência de alguém que já estava sozinho na Europa, tanto em seus dons quanto em sua experiência. Holmes não era dado a amizades, mas era tolerante com o grande escocês e sorriu ao vê-lo.

– O senhor é um madrugador, sr. Mac – comentou Holmes. – Um pássaro madrugador é quem pega a minhoca. Temo que isso signifique alguma maldade em andamento.

– Acho que se o senhor falasse de *esperança* em vez de *temor*, estaria mais perto da verdade, sr. Holmes – respondeu o inspetor, com um sorriso inteligente. – Bem, talvez um pequeno trago espantaria o gelo inclemente da manhã. Não, não fumarei, agradeço-lhe. Devo seguir meu caminho logo mais; as primeiras horas de um caso são as horas preciosas, como nenhum homem sabe melhor do que o senhor. Mas... mas...

O inspetor tinha parado de repente e fitava um papel sobre a mesa com um olhar de absoluto espanto. Era a folha sobre a qual eu escrevera a mensagem enigmática.

– Douglas! – ele gaguejou. – Birlstone! O que é isso, sr. Holmes? Homem, é bruxaria! Onde, em nome de tudo o que é maravilhoso, o senhor conseguiu esses nomes?

– É uma cifra que o dr. Watson e eu tivemos a oportunidade de resolver. Mas ora, o que está errado com os nomes?

O inspetor olhou de um para o outro entre nós com perplexidade, atordoado.

– Apenas isto: que o sr. Douglas da Manor House Birlstone foi horrivelmente assassinado ontem à noite!

Capítulo 2

• Sherlock Holmes discursa •

Foi um daqueles momentos dramáticos pelos quais meu amigo existia. Seria um exagero dizer que ele ficou chocado ou mesmo animado pelo anúncio surpreendente. Sem um toque de crueldade em sua singular postura comedida, ele, sem dúvida, era calejado aos estímulos excessivos. No entanto, se suas emoções haviam ficado entorpecidas, suas percepções intelectuais eram extremamente ativas. Não houve, portanto, qualquer vestígio do horror que eu mesmo senti diante daquela declaração concisa; mas seu rosto mostrava, em vez disso, a calma e a compostura interessada do químico que vê os cristais caindo de suas respectivas posições em uma solução supersaturada.

– Notável! – disse ele. – Notável!

– Não parece surpreso.

– Interessado, sr. Mac, mas não surpreso. Por que eu deveria me surpreender? Recebo uma comunicação anônima de uma região que eu sei que é importante, avisando-me de que o perigo ameaça *uma certa* pessoa. Em questão de uma hora, fico sabendo que esse perigo se materializou e que a pessoa está morta. Estou interessado; porém, como o senhor observa, não estou surpreso.

Em algumas frases curtas, ele explicou ao inspetor os fatos sobre a letra e o código cifrado. MacDonald sentou-se com o queixo sobre as mãos e as grandes sobrancelhas claras franzidas em um único emaranhado amarelo.

– Eu estava me dirigindo a Birlstone esta manhã – começou ele. – Vim perguntar se o senhor poderia fazer a gentileza de me acompanhar, o senhor e seu amigo aqui. Apesar disso, dado o que me diz, talvez possamos fazer um trabalho melhor em Londres.

– Acho que não – avaliou Holmes.

– Suspenda tudo, sr. Holmes! – gritou o inspetor. – Os jornais estarão cheios do mistério de Birlstone em um dia ou dois; mas onde está o mistério se há um homem em Londres que profetizou o crime antes mesmo de ele ocorrer? Só precisamos colocar nossas mãos nesse homem, e o resto virá na sequência.

– Sem dúvida, sr. Mac. Mas como pretende colocar suas mãos no tal Porlock?

MacDonald devolveu a carta que Holmes tinha lhe entregado.

– Postada em Camberwell: isso não nos ajuda muito. O nome, como diz, é presumido. Não há muito a partir de onde continuar, certamente. O senhor não acabou de dizer que lhe enviou dinheiro?

– Duas vezes.

– E como?

– Em notas ao correio de Camberwell.

– Alguma vez se deu ao trabalho de ver quem vinha buscar essas correspondências?

– Não.

O inspetor pareceu surpreso e um tanto chocado.

– Por que não?

– Porque eu sempre tenho fé. Prometi, quando ele escreveu pela primeira vez, que eu não ia tentar localizá-lo.

– Acha que existe alguém por trás dele?

– Eu sei que existe.

– Esse professor que ouvi o senhor mencionar?

– Exatamente!

O inspetor MacDonald sorriu, e sua pálpebra tremia quando ele lançou um olhar em minha direção.

– Não vou negar, sr. Holmes, que no Departamento de Investigação Criminal pensamos que o senhor tem uma certa obsessão em relação a esse professor. De minha própria parte, fiz algumas investigações sobre esse assunto. Ele parece ser um tipo de homem muito respeitável, instruído e talentoso.

– Fico feliz que tenha chegado a reconhecer o talento.

– Homem, mas é impossível não o reconhecer! Depois que fiquei sabendo do seu ponto de vista, tomei como minha missão ir vê-lo. Tive uma conversa com o professor sobre eclipses. Como a conversa guinou para esse tema, eu nem posso imaginar, mas ele tinha uma lanterna refletora e um globo, e a coisa toda ficou clara em questão de um minuto. Ele me emprestou um livro; mas não me envergonho de dizer que estava um pouco acima das minhas capacidades, embora eu tenha recebido uma boa criação em Aberdeen. Esse homem teria dado um imponente ministro, com seu rosto magro, os cabelos grisalhos e o jeito solene de falar. Quando pôs a mão no meu ombro para nos despedirmos, foi como a bênção de um pai antes de sairmos para o mundo frio e cruel.

Holmes riu e esfregou as mãos.

– Ótimo! – exultou. – Ótimo! Diga-me, amigo MacDonald, essa conversa agradável e comovente foi, eu suponho, no escritório do professor?

– Sim, de fato.

– Um belo cômodo, não acha?

– Belíssimo, muito belo, é verdade, sr. Holmes.

– Sentou-se na frente da mesa de trabalho dele?

– Exato.

– Sol nos seus olhos e a face dele nas sombras?

– Bem, era de noite; porém, eu me lembro de que a lâmpada estava virada para o meu rosto.

– Estaria mesmo. Por acaso observou um quadro acima da cabeça do professor?

– Não deixo muita coisa passar, sr. Holmes. Talvez eu tenha aprendido com o senhor. Sim, eu vi o quadro: uma moça com a cabeça nas mãos, espiando o expectador de soslaio.

– A pintura é da autoria de Jean Baptiste Greuze.

O inspetor fez um esforço para parecer interessado.

– Jean Baptiste Greuze – continuou Holmes, unindo as pontas dos dedos e inclinando-se bem na cadeira –, foi um artista francês que floresceu entre os anos de 1750 e 1800. Faço alusão, é claro, à sua carreira. A crítica moderna tem mais do que endossado a alta opinião formada pelos contemporâneos de Greuze.

Os olhos do inspector se abstraíram.

– Não seria melhor nós... – ele titubeou.

– Estamos fazendo isso – Holmes interrompeu. – Tudo o que estou dizendo tem uma influência muito direta e vital sobre o que o senhor chamou de Mistério Birlstone. Na verdade, de certa maneira, pode ser considerado o próprio cerne.

MacDonald sorriu debilmente e olhou para mim de modo apelativo.

– Seus pensamentos caminham um pouco depressa demais para mim, sr. Holmes. O senhor deixa transparecer um elo ou dois e eu não consigo atravessar o vão. Qual, dentre todas as coisas desse mundo inteiro, pode ser a conexão entre esse pintor falecido e o caso de Birlstone?

– Todo o conhecimento tem utilidade para o detetive – observou Holmes. – Até mesmo o fato trivial de que, no ano de 1865, um quadro de Greuze intitulado *La Jeune Fille a l'Agneau* alcançou a marca de 1,2 milhão de francos, mais de quarenta mil libras, na venda de Portalis é suficiente para iniciar uma reflexão na sua mente.

Claramente, foi o que aconteceu. O inspetor pareceu sinceramente interessado.

– Devo lembrá-lo – continuou Holmes –, que o salário do professor pode ser verificado em vários e confiáveis livros de referência. São setecentas libras ao ano.

– Então como ele poderia comprar...

– Muito bem! Como ele poderia?

– Sim, isso é notável – comentou o inspetor, pensativamente. – Fale, sr. Holmes. Estou adorando tudo isso. Está ótimo!

Holmes sorriu. Ele sempre era tocado por admiração genuína – a característica de um verdadeiro artista.

– E quanto a Birlstone? – Holmes perguntou.

– Ainda temos tempo – respondeu o inspetor, olhando para o relógio. – Eu tenho um carro de aluguel aqui na porta, e não nos levará nem vinte minutos até a Estação de Victoria. Mas sobre essa pintura: achei que o senhor tinha mencionado uma vez, sr. Holmes, que nunca conhecera o professor Moriarty pessoalmente.

– Não, nunca o conheci.

– Então como sabe sobre os aposentos dele?

– Ah, esse é outro assunto. Estive três vezes nos aposentos dele, duas esperando por ele sob diferentes pretextos e partindo antes de ele chegar. Uma vez... bem, eu não poderia falar sobre essa vez a um detetive oficial. Foi na última vez que tomei a liberdade de olhar entre os papéis dele, e obtive os resultados mais inesperados.

– Encontrou algo comprometedor?

– Absolutamente nada. Foi isso que me espantou. No entanto, o senhor agora sabe o que quero dizer sobre a pintura. Mostra que ele é um homem muito rico. Como adquiriu a riqueza? Ele é solteiro. Seu irmão mais novo é um chefe de estação no oeste da Inglaterra. Seu cargo rende setecentas libras ao ano. E ele é dono de um Greuze.

– Bem?

– Certamente a inferência é simples.

– Quer dizer que ele tem uma grande renda e que deve ganhá-la de forma ilegal?

– Exatamente. Claro que tenho outros motivos para pensar assim, dezenas de fios exíguos que levam vagamente ao centro da teia onde a criatura venenosa e imóvel está à espreita. Só mencionei o Greuze porque traz o assunto ao alcance da sua observação.

– Bem, sr. Holmes, admito que o que o senhor diz é interessante; é mais do que interessante: é simplesmente maravilhoso. Mas permita-nos esclarecer um pouco mais, se possível. É falsificação, cunhagem ilegal, roubo? De onde veio o dinheiro?

– Já leu sobre Jonathan Wild?

– Bem, o nome tem um som familiar. Alguém de um romance, não era? Não encontro muito material para detetives em romances: sujeitos que fazem coisas e nunca nos deixam ver de que forma eles fazem. Isso é apenas inspiração: nada sério.

– Jonathan Wild não era um detetive e não estava em um romance. Ele foi um mestre do crime, e viveu no século passado, em 1750, ou por aí.

– Então ele não serve para mim. Sou um homem prático.

– Sr. Mac, a coisa mais prática que se pode fazer na vida seria calar-se por três meses e ler doze horas por dia o conteúdo dos anais do crime. Tudo vem em ciclos, até mesmo o professor Moriarty. Jonathan Wild foi a força oculta dos criminosos londrinos, a quem ele vendeu sua inteligência e sua organização a uma comissão de quinze por cento. A antiga roda gira, e o mesmo raio vem à tona. Tudo já foi feito antes e será feito de novo. Vou lhe dizer uma ou duas coisas sobre Moriarty que podem ser do seu interesse.

– Vão me interessar, com toda certeza.

– Por acaso sei quem é o primeiro elo de sua corrente, uma corrente com esse Napoleão desvirtuado em uma das pontas e uma centena de guerreiros malfadados, batedores de carteira, chantagistas e trapaceiros na outra, com todo tipo de crime entre uma coisa e outra. Seu chefe de gabinete é o coronel Sebastian Moran, um homem tão arredio, cauteloso e inacessível para a lei quanto ele. Quanto dinheiro você acha que essa atividade paga?

– Eu gostaria de ouvir.

– Seis mil libras ao ano. Que estão pagando pela inteligência, veja só, o princípio americano de negócios. Aprendi esse detalhe bem por acaso. É mais do que ganha o primeiro-ministro. Isso lhe dá uma ideia dos ganhos de Moriarty e da escala em que ele trabalha. Outro ponto: ultimamente, tornei minha missão procurar alguns cheques de Moriarty: apenas cheques inocentes com os quais ele paga suas contas domésticas. Foram emitidos por seis bancos diferentes. Causa alguma impressão na sua mente?

– Estranho, certamente! Mas o que o senhor extrai disso?

– Que ele não queria fofoca sobre sua riqueza. Nenhum homem deveria saber o que ele tinha. Não tenho dúvidas de que ele tem vinte contas bancárias; a maior parte de sua fortuna no estrangeiro, talvez no Deutsche Bank ou no Credit Lyonnais, tanto como em qualquer outro lugar. Em algum momento, quando o senhor tiver um ou dois anos livres, eu lhe recomendo estudar o professor Moriarty.

O inspetor MacDonald ia ficando cada vez mais interessado à medida que a conversa prosseguia. Perdeu-se no seu interesse. Naquele momento, sua inteligência escocesa prática o trouxe de volta ao assunto em questão com um piscar de olhos.

– Ele pode ficar com elas, de qualquer forma – ponderou o inspetor. – O senhor nos desviou com suas anedotas interessantes, sr. Holmes. O que realmente conta é a sua observação de que há alguma conexão entre o professor e o crime. Que o senhor extraiu do aviso que recebeu do homem chamado Porlock. Podemos, para nossas necessidades presentes e práticas, chegar mais longe?

– Podemos formar alguma concepção quanto aos motivos do crime. Segundo seus apontamentos originais, trata-se de um incompreensível, ou pelo menos inexplicado, assassinato. Muito bem, presumindo que a fonte do crime é a que nós suspeitamos que seja, pode haver dois motivos diferentes. Em primeiro lugar, posso lhe dizer que Moriarty governa o seu povo com um cetro de ferro. Sua disciplina é tremenda. Só existe uma punição em seu código. É a morte. Em segundo lugar, poderíamos supor que esse homem assassinado, esse Douglas cujo destino iminente era conhecido por um dos subordinados do arquicriminoso, traiu, de alguma forma, o líder. A punição veio em seguida, e seria conhecida por todos, nem que fosse para levar o medo da morte até eles.

– Bem, essa é uma sugestão, sr. Holmes.

– A outra é que o caso foi projetado por Moriarty no curso ordinário dos negócios. Houve algum roubo?

– Não que eu tenha ouvido.

– Nesse caso, é claro, iria contra a primeira hipótese e a favor da segunda. Moriarty pode ter sido contratado para arquitetar o plano, com a promessa de receber uma parte dos espólios, ou pode ter sido pago para administrá-lo. As duas coisas são possíveis. No entanto, seja qual for a resposta, ou se há uma terceira combinação, é em Birlstone que devemos buscar a solução. Conheço muito bem o nosso homem para supor que ele tenha deixado alguma coisa aqui que pode nos levar até ele.

– Então para Birlstone devemos ir! – exclamou MacDonald, levantando-se da cadeira com um salto. – Não acredito! Está mais tarde do que eu pensava. Posso lhes dar, senhores, cinco minutos para se prepararem, e isso é tudo.

– É mais do que suficiente para nós dois – ressaltou Holmes, levantando-se prontamente e saindo às pressas para substituir o robe pelo casaco. – Enquanto seguimos nosso caminho, sr. Mac, vou lhe pedir a gentileza de me contar tudo.

"Tudo" acabou se mostrando decepcionantemente pouco, e ainda havia o suficiente para nos garantir que o caso diante de nós poderia muito bem valer a atenção cuidadosa do especialista. Ele se animou e esfregou as mãos magras enquanto ouvia os detalhes escassos, porém notáveis. Tínhamos deixado para trás uma longa série de semanas estéreis e aqui, enfim, havia um objeto adequado para empregar aqueles poderes impressionantes que, como todos os dons especiais, tornam-se incômodos para o dono quando não estão em uso. Aquele cérebro de navalha embotava e enferrujava com inação.

Os olhos de Sherlock Holmes brilharam, suas faces pálidas assumiram um tom mais cálido e todo o seu rosto ansioso brilhou com uma luz interior quando a chamada para o trabalho chegou até ele. Inclinado para a frente no coche, ele escutava atentamente o curto esboço que MacDonald fazia do problema que nos aguardava em Sussex. O próprio inspetor dependia, segundo nos explicou, de um relato manuscrito encaminhado a ele pelo trem que transportava leite, nas primeiras horas da madrugada. White Mason, a autoridade local, era um amigo pessoal e, portanto, MacDonald tinha sido notificado de forma muito mais rápida do que normalmente acontecia na Scotland Yard quando os provincianos precisavam de ajuda. É uma trilha muito fria que o perito da Polícia Metropolitana geralmente recebe a incumbência de seguir.

Caro Inspetor MacDonald [dizia a carta que ele leu para nós]:

Requisição oficial para seus serviços está no envelope. É para seus olhos apenas. Avise por telegrama que trem poderá pegar de manhã para Birlstone, e eu o encontrarei – ou pedirei que o encontrem caso eu esteja muito ocupado. É um caso insólito. Não perca um momento sequer em preparação. Se puder trazer o sr. Holmes, por favor o faça; pois ele vai encontrar algo seguindo

> a própria intuição. Pensaríamos que tudo foi organizado para causar um efeito teatral se não houvesse um homem morto no meio. Dou minha palavra! É um caso insólito.

– Seu amigo parece não ser nenhum tolo – observou Holmes.

– Não, senhor, White Mason é um homem muito vivaz, se posso dar minha opinião.

– Bem, tem mais alguma coisa?

– Só que ele nos dará todos os detalhes quando nos encontrarmos.

– Então como chegou ao sr. Douglas e ao fato de que ele tinha sido horrivelmente assassinado?

– Isso estava no relatório oficial em anexo. Não dizia "horrível": esse não é um termo reconhecido oficialmente. Dava o nome de John Douglas. Mencionava que os ferimentos estavam na cabeça, fruto de uma descarga de espingarda. Também mencionava a hora do alarme, que foi por volta da meia-noite de ontem. Acrescentava ainda que o caso era indubitavelmente de assassinato, mas que nenhuma prisão havia sido feita, e que o caso apresentava algumas características muito desconcertantes e extraordinárias. Isso é absolutamente tudo o que temos neste momento, sr. Holmes.

– Então, com sua permissão, vamos deixar como está, sr. Mac. A tentação de formar teorias prematuras com dados insuficientes é a ruína da nossa profissão. Vejo apenas duas coisas com certeza neste momento: um cérebro incrível em Londres e um morto em Sussex. É a conexão entre um lado e outro que nós vamos procurar.

Capítulo 3

• A tragédia de Birlstone •

Agora, por um momento, pedirei licença para remover minha própria personalidade insignificante, a fim de descrever eventos que ocorreram antes de termos chegado à cena, à luz das informações que vieram até nós posteriormente. Só dessa forma posso fazer o leitor apreciar as pessoas envolvidas e a estranha configuração na qual o destino delas foi lançado.

O vilarejo de Birlstone é um aglomerado pequeno e muito antigo de casas em estilo enxaimel, na fronteira norte do condado de Sussex. Por séculos permaneceu inalterado; porém, nos últimos anos, sua situação e aparência pitoresca atraíram grande número de residentes abastados, cujos casarões despontam nos bosques ao redor. De acordo com a crença local, acredita-se que esses bosques sejam o início da grande floresta Weald, que vai rareando cada vez mais até encontrar as chapadas de calcário ao norte. Um número de pequenas lojas se estabeleceu ali para atender às necessidades do aumento da população; por esse motivo, há perspectivas de que Birlstone possa logo crescer e passar de um vilarejo antigo a uma cidade moderna. É a região central de uma área interiorana considerável, já que Tunbridge

Wells, o local importante mais próximo, fica a quinze ou vinte quilômetros ao leste, nas fronteiras com Kent.

A cerca de oitocentos metros da cidadezinha, em um velho parque famoso por suas faias gigantes, fica o antigo Manor House Birlstone. Parte desse edifício venerável remonta à época da primeira cruzada, quando Hugo de Capus erigiu uma pequena fortaleza no centro da propriedade, que lhe foi concedida pelo rei Vermelho. Foi destruída por um incêndio em 1543, e algumas de suas pedras angulares enegrecidas pela fumaça foram usadas quando, na época jacobina, uma casa de campo de tijolos se ergueu das ruínas do castelo feudal.

O Manor House, com suas muitas cumeeiras e pequenas janelas divididas em losangos, ainda era muito parecido como fora deixada pelo construtor no início do século XVII. Dos fossos duplos que tinham protegido seu antecessor mais bélico, permitiu-se que o exterior secasse e servisse para a humilde função de horta. O fosso interior ainda estava lá, com doze metros de largura, embora, agora com aproximadamente apenas um metro de profundidade, cercasse a casa toda. Um pequeno riacho alimentava-o e continuava para além dele, de forma de que o lençol d'água, embora turvo, nunca chegasse a virar um poço insalubre de água parada. As janelas do piso térreo ficavam a cerca de trinta centímetros da superfície da água.

A única forma de chegar até a casa era passando sobre a ponte levadiça, cujas correntes e roldanas enferrujaram e se quebraram havia anos. No entanto, os últimos inquilinos do Manor House tinham, com sua energia característica, feito reparos ali, e a ponte levadiça não só podia ser erguida, como o era todas as noites e, em seguida, baixada todas as manhãs. Renovando assim o costume dos antigos dias feudais, o lugar convertia-se em uma ilha durante a noite – um fato que possuía implicação muito direta no mistério que logo atrairia a atenção de toda a Inglaterra.

A casa havia sido abandonada fazia alguns anos e, quando os Douglas tomaram posse dela, ameaçava apodrecer em um estado de decadência pitoresca. Essa família consistia de apenas dois indivíduos – John Douglas e sua esposa. Douglas era um homem notável, tanto em caráter como fisicamente. Em termos de idade, poderia ter algo em torno de cinquenta anos. Seu rosto tinha maxilares fortes, feições rústicas, um bigode grisalho, olhos cinzentos peculiarmente argutos. Seu porte tinha uma estrutura física magra e vigorosa que não perdera nada da força e da atividade da juventude. Era um homem alegre e simpático com todos, porém um tanto informal em seus modos, dando a impressão de ter vivido em estratos sociais e visto a vida a partir de horizontes bem inferiores aos da sociedade rural de Sussex.

Ainda assim, embora seus vizinhos mais cultos o olhassem com alguma curiosidade e reserva, logo adquiriu enorme popularidade entre os aldeãos, participando generosamente de todos os assuntos locais, frequentando seus *smoking concerts*[3] e outros eventos onde, devido a sua voz de tenor notavelmente vigorosa, ele sempre estava pronto a atender aos pedidos e executar uma canção excelente. Parecia ter muito dinheiro; diziam que o tinha obtido nos campos de extração

3 Em tradução literal, "concertos de fumaça". Eventos populares na Era Vitoriana, reuniam uma plateia exclusiva de homens, que fumavam e discutiam política enquanto assistiam à apresentações de música ao vivo. Tais eventos sociais eram considerados importantes por apresentarem novas formas de música ao público. (N. T.)

de ouro da Califórnia, e era claro, tendo em vista sua fala e a fala de sua esposa, que havia passado parte de sua vida nos Estados Unidos.

A boa impressão causada por sua generosidade e por seus modos democráticos ganhava corpo ainda maior devido à reputação que conquistara por sua absoluta indiferença ao perigo. Embora fosse deplorável como cavaleiro, participava de todas as competições e sofria as mais extraordinárias quedas em sua determinação de se equiparar aos melhores. Quando a casa paroquial pegou fogo, ele se distinguiu também pelo destemor com que entrou novamente no edifício para salvar bens materiais, depois que o corpo de bombeiros local já havia dado como impossível. Assim ocorreu que John Douglas, em cinco anos, conquistara uma reputação e tanto para si em Birlstone.

A esposa também era popular dentre seus conhecidos; embora, seguindo a moda inglesa, fossem poucos e escassos os que visitavam uma estranha que se havia estabelecido no campo sem apresentações. Tal fato era de pouca importância para ela, já que possuía uma natureza reservada e fosse muito centrada, ao que aparentava, em seu marido e em seus deveres domésticos. Sabia-se que ela era uma dama inglesa que havia conhecido o sr. Douglas em Londres, e que, na época, ele era viúvo. A mulher era linda, alta, morena e esbelta, uns vinte anos mais nova do que o marido, uma disparidade que parecia não prejudicar em nada o contentamento de sua vida familiar.

Era observado, às vezes, por aqueles que os conheciam melhor, que a confiança entre ambos parecia não ser integral, já que a esposa ou era demasiado reticente sobre o passado do marido ou, ao que parecia mais provável, não tinha todas as informações a respeito dele. Algumas pessoas observadoras também notavam e comentavam que, às vezes, havia sinais de tensão na sra. Douglas e que, nessas ocasiões, ela demonstrava acentuado desconforto se o marido, quando ausente, alguma vez se atrasasse particularmente em retornar. Em uma tranquila área rural, onde toda fofoca é bem-vinda, essa fraqueza da senhora da mansão não passava despercebida e ganhava bastante espaço na memória das pessoas quando, porventura, surgiam eventos que lhe proporcionassem significado especial.

Existia ainda outro indivíduo, cuja residência sob aquele teto era, em verdade, apenas passageira, embora a presença no momento dos estranhos acontecimentos que ora serão narrados trouxe seu nome a público de forma proeminente. Tratava-se de Cecil James Barker, de Hales Lodge, Hampstead.

A figura alta e flexível de Cecil Barker era familiar na rua principal do vilarejo de Birlstone, pois ele era um visitante frequente e bem-vindo na residência. Era mais lembrado como sendo o único amigo da desconhecida vida pregressa do sr. Douglas a ser visto nos arredores de sua nova residência em terras inglesas. O próprio Barker era inquestionavelmente inglês; mas, por seus comentários, era claro que ele havia conhecido Douglas nos Estados Unidos e que convivera intimamente com ele. Parecia ser um homem de considerável riqueza, e tinha a fama de ser solteiro.

Em idade, era um pouco mais jovem do que Douglas – quarenta e cinco anos no máximo: um sujeito alto, ereto, de peito largo e com o rosto barbeado de um lutador de boxe, robusto, forte, sobrancelhas pretas e um par de olhos magistrais que poderiam, mesmo sem a ajuda de suas mãos muito capazes, abrir um caminho para ele no centro de uma multidão hostil. Não andava a cavalo nem atirava, mas passava seus dias vagando pela antiga vilarejo, com seu cachimbo na boca, ou transitando a bordo de um coche com seu anfitrião – ou na ausência deste, com a anfitriã – pela bonita região rural.

"Um cavalheiro descontraído e de mão aberta", revelou Ames, o mordomo. "Mas dou minha palavra! Prefiro não ser o homem a contrariá-lo!"

Era cordial e íntimo de Douglas, mas não era menos amigável com a esposa deste, uma amizade que, mais de uma vez, pareceu causar alguma irritação ao marido, de forma que até os criados foram capazes de notar seu aborrecimento. E tal era a terceira pessoa da família quando a catástrofe ocorreu.

Já quanto aos demais habitantes do antigo edifício, será suficiente, dentre os muitos empregados da propriedade, mencionar o empertigado, respeitável e capaz Ames, e a sra. Allen, uma pessoa rechonchuda e alegre, que poupava a senhora da casa de algumas de suas preocupações domésticas. Os outros seis criados não têm qualquer relação com os acontecimentos da noite de 6 de janeiro.

Foi às onze e quarenta e cinco da noite que o primeiro alarme chegou à pequena delegacia local, a cargo do sargento Wilson da polícia de Sussex. Cecil Barker, muito agitado, tinha corrido até a porta e batido o sino furiosamente. Uma terrível tragédia ocorrera na mansão e John Douglas tinha sido assassinado. Esse era o fardo ofegante de sua mensagem. Assim, ele correra de volta para a casa, seguido alguns minutos depois pelo sargento de polícia, que chegou à cena do crime um pouco depois da meia-noite, após ter tomado medidas imediatas para alertar as autoridades do condado de que algo grave estava acontecendo.

Ao chegar ao lugar, o sargento encontrou a ponte abaixada, as janelas iluminadas e a casa inteira em um estado de alvoroço e selvagem confusão. Os criados pálidos se encontravam agrupados no salão, com o mordomo assustado retorcendo as mãos na entrada da porta. Apenas Cecil Barker parecia senhor de si e de suas emoções; abrira a porta mais próxima da entrada e tinha feito um gesto para que o sargento o seguisse. Naquele momento, chegou lá o dr. Wood, um clínico geral ativo e habilidoso do vilarejo. Os três homens entraram no cômodo fatal juntos, com o mordomo horrorizado seguido em seus calcanhares e fechando a porta atrás dele para bloquear a cena terrível da visão das criadas.

O defunto estava de costas, braços e pernas bem abertos no centro do cômodo. Vestia apenas um robe cor-de-rosa sobre suas roupas de dormir. Havia pantufas nos seus pés descalços. O médico se ajoelhou ao lado dele e segurou a lanterna que estava sobre a mesa. Um olhar sobre a vítima foi o suficiente para mostrar ao médico que sua presença poderia ser dispensada. O homem tinha sido terrivelmente ferido. Sobre seu peito havia uma arma curiosa, uma espingarda com o cano serrado trinta centímetros à frente dos gatilhos. Ficava claro que tinha sido um disparo a curta distância e que Douglas tinha levado a carga toda no rosto, o que praticamente fez sua cabeça em pedaços. Os gatilhos tinham sido amarrados um ao outro, de forma a tornar o disparo simultâneo mais destrutivo.

O policial rural ficou nervoso e incomodado pela tremenda responsabilidade que tão repentinamente o tinha encontrado.

– Não tocaremos em nada até meus superiores chegarem – resmungou ele, olhando com horror para a cabeça terrível.

– Nada foi tocado até agora – alertou Cecil Barker. – Posso atestar. O senhor vê a cena exatamente da forma como eu a encontrei.

– Quando foi isso? – O sargento tinha pegado a caderneta.

– Acabava de dar onze e meia. Eu não tinha começado a me despir e estava sentado ao pé da lareira, no meu quarto, quando ouvi o disparo. Não foi muito alto, pareceu abafado. Desci correndo; acho que se passaram trinta segundos até eu chegar à sala.

– A porta estava aberta?

– Sim, estava aberta. O pobre Douglas se encontrava deitado como o senhor o vê. A vela de quarto estava queimando sobre a mesa. Fui eu quem acendi o lampião alguns minutos depois.

– Não viu ninguém?

– Não. Ouvi a sra. Douglas descendo a escada atrás de mim e corri para impedi-la de ver essa cena terrível. A sra. Allen, a governanta, veio e a levou embora. Ames tinha chegado, e corremos de volta para o cômodo.

– Mas certamente já ouvi falar que a ponte levadiça fica levantada durante toda a noite.

– Sim, estava levantada até eu abaixá-la.

– Então como algum assassino poderia escapar? Está fora de questão! O sr. Douglas deve ter atirado em si mesmo.

– Essa foi a nossa primeira ideia. Mas veja! – Barker puxou a cortina de lado e mostrou que a janela com painéis em formato de losango estava aberta em toda a sua extensão. – E olhe para isto! – Ele baixou o lampião e iluminou uma mancha de sangue parecida com uma pegada de bota no parapeito de madeira. – Alguém subiu aqui para sair.

– Quer dizer que alguém atravessou o fosso?

– Exatamente!

– Então se o senhor estava na sala em questão cerca de meio minuto após o crime, essa pessoa devia estar na água naquele exato momento.

– Não tenho dúvida disso. Quisera eu, em nome dos céus, ter corrido até a janela! Porém, a cortina ocultou-a, como pode ver, portanto, a ideia nunca me ocorreu. Mas logo ouvi o passo da sra. Douglas, e eu não poderia deixá-la entrar na sala. Teria sido horrível demais.

– Muito horrível! – observou o médico, olhando para a cabeça despedaçada e para as terríveis marcas que a cercavam. – Nunca vi tais ferimentos desde o acidente na estação ferroviária de Birlstone.

– Mas, eu digo – insistiu o sargento de polícia, cujo bucólico senso comum ainda ponderava sobre a janela aberta. – Entendo quando o senhor afirma que o homem escapou atravessando o fosso, mas o que eu pergunto é: como ele entrou na casa se a ponte estava levantada?

– Ah, essa é a pergunta! – enfatizou Barker.

– A que horas a ponte foi levantada?

– Eram quase seis horas – respondeu Ames, o mordomo.

– Ouvi – continuou o sargento –, que geralmente era levantada ao pôr do sol. Isso seria mais próximo de quatro e meia da tarde, nessa época do ano.

– A sra. Douglas tinha convidados para o chá – esclareceu Ames. – Eu não podia levantar a ponte até que eles se fossem. Depois disso, eu mesmo a ergui.

– Então é isso o que temos – concluiu o sargento. – Se alguém veio de fora, se é que veio, deve ter cruzado a ponte antes das seis horas e ficado escondido daquele momento em diante, até que o sr. Douglas descesse para essa sala depois das onze.

– Isso mesmo! O sr. Douglas fazia a ronda da casa todas as noites antes de entrar para ver se as luzes estavam apagadas. Foi o que o trouxe para cá. O homem estava esperando e atirou nele. Em seguida, saiu pela janela e deixou a arma para trás. Essa é minha leitura; pois nada mais se encaixará nos fatos.

O sargento pegou um cartão que estava ao lado do defunto, no chão. As iniciais V. V. e, debaixo delas, o número 341 tinha sido rudemente rabiscado em tinta.

– O que é isso? – ele perguntou, segurando o papel.

Barker olhou para o objeto com curiosidade.

– Não tinha reparado nisso antes – confessou. – O assassino deve ter deixado para trás.

– V. V. 341. Não encontro o sentido.

O sargento ficou girando o papel em seus dedos grandes.

– O que é V. V.? As iniciais de alguém, talvez. O que tem aí, dr. Wood?

Era um martelo de bom tamanho que estava caído no tapete diante da lareira – um martelo substancial e bem-feito. Cecil Barker apontou para uma caixa de pregos de latão em cima da lareira.

– O sr. Douglas estava trocando quadros de lugar ontem – avisou Barker. – Eu mesmo o vi em cima daquela cadeira, pendurando o quadro acima dela. Isso explica o martelo.

– É melhor o colocarmos de volta no tapete onde o encontramos – ponderou o sargento, em sua perplexidade, coçando a cabeça intrigada. – Vou querer os melhores cérebros na força policial para alcançar o cerne dessa questão. Será um caso para Londres, antes que cheguemos ao fim. – Ele ergueu o lampião e caminhou lentamente em círculos pela sala. – Ei! – exclamou, exaltado, puxando a cortina para um dos lados. – A que horas essas cortinas foram fechadas?

– Quando as luzes foram acesas – informou o mordomo. – Seria pouco depois das quatro.

– Alguém estava escondido aqui, com certeza. – Ele baixou a luz, e as marcas das botas enlameadas eram muito visíveis no canto. – Sou obrigado a dizer que isso corrobora sua teoria, sr. Barker. Parece que o homem entrou na casa depois das quatro horas, quando as cortinas são fechadas, e antes das seis, quando a ponte foi içada. O homem entrou sorrateiramente neste cômodo, pois foi o primeiro que ele viu. Não havia outro lugar onde ele pudesse se esconder, então ele entrou atrás desta cortina. Isso tudo me parece claro o suficiente. É provável que sua ideia principal fosse roubar a casa; mas calhou de o sr. Douglas se deparar com ele, então o sujeito o assassinou e fugiu.

– Essa foi minha leitura – colaborou Barker. – Mas, eu afirmo, não estamos perdendo tempo precioso? Não poderíamos começar e vasculhar a região antes que o sujeito escape?

O sargento pensou por um momento.

– Não há trens antes das seis da manhã, então ele não pode fugir por via férrea. Se for pela estrada com as pernas pingando água, é provável que alguém o note. De qualquer forma, não posso sair daqui até ser substituído, mas penso que nenhum de vocês deveria ir, antes de vermos mais claramente em que pé estamos.

O médico tinha tomado o lampião e agora analisava o corpo de perto.

– Que marca é esta? – ele perguntou. – Poderia ter alguma conexão com o crime?

O braço direito do morto estava fora do roupão e exposto até o cotovelo. No meio de seu antebraço havia um desenho marrom curioso, um triângulo dentro de um círculo, destacado em relevo vívido sobre a pele esbranquiçada.

– Não é tatuagem – avaliou o médico, observando através dos óculos. – Eu nunca vi nada igual. Em algum momento, o homem foi queimado da forma como se marca o gado. Qual o significado disso?

– Não posso afirmar que conheço o significado – rebateu Cecil Barker –, mas já vi a marca em Douglas muitas vezes nesses últimos dez anos.

– Assim como eu – interviu o mordomo. – Muitas vezes, quando o senhor estava com as mangas da camisa enroladas, notei essa marca específica. Sempre me perguntei o que poderia ser.

– Então, de qualquer forma, não tem nada a ver com o crime – refletiu o sargento. – Mesmo assim é algo estranho. Tudo nesse caso é estranho. Bem, o que foi agora?

O mordomo tinha soltado uma exclamação de espanto e apontava para a mão estendida do morto.

– Eles levaram a aliança de casamento! – ofegou.

– O quê?

– Sim, de fato. O senhor sempre usava a aliança simples de ouro no mindinho da mão esquerda. Aquele anel com uma pepita áspera ficava acima da aliança, e o anel de cobra retorcida, no terceiro dedo. Ali estão a pepita e a cobra, mas a aliança desapareceu.

– Ele está certo – afirmou Barker.

– Estão me dizendo – questionou o sargento –, que a aliança ficava abaixo do outro anel?

– Sempre!

– Então o assassino, ou quem quer que tenha sido, primeiro tirou este anel que o senhor chama de anel de pepita, depois a aliança de casamento, e depois colocou o anel de pepita de volta no lugar.

– Isso mesmo!

O digno policial rural sacudiu a cabeça.

– Parece-me que quanto mais cedo Londres estiver envolvida neste caso, melhor – sintetizou ele. – White Mason é um homem inteligente. Nenhum trabalho local nunca foi demais para White Mason. Não demorará muito até que ele esteja aqui para nos ajudar. Mas penso que teremos que recorrer a Londres antes de chegarmos ao fim disso. De qualquer forma, não me envergonho de dizer que é um negócio muito denso para gente como eu.

Capítulo 4

• Escuridão •

Às três da manhã, o detetive-chefe de Sussex, obedecendo à chamada urgente do sargento Wilson de Birlstone, chegou do quartel-general em um leve docar puxado por um animal sem fôlego. Pelo trem das cinco e quarenta da manhã, ele enviara sua mensagem para a Scotland Yard, e estava na estação de Birlstone ao meio-dia para nos receber. White Mason era uma pessoa quieta e que parecia à vontade. Vestia um terno de *tweed* folgado, tinha o rosto barbeado, a pele avermelhada, o corpo robusto e as pernas fortes arqueadas adornadas por polainas, parecendo um pequeno fazendeiro, um guarda-caça aposentado ou qualquer coisa que caminhasse sobre a terra, exceto um espécime muito benigno de agente criminal provinciano.

– Um verdadeiro caso insólito, sr. MacDonald! – ele ficava repetindo. – Teremos a imprensa aqui como moscas quando ficarem sabendo. Espero que tenhamos terminado nosso trabalho antes que eles enfiem o nariz nesse assunto e comecem a estragar todas as evidências. Que eu me lembre, não tem acontecido nada dessa natureza ultimamente. É provável que alguns dos detalhes lhe façam sentido, sr. Holmes, ou eu estaria enganado. E também ao senhor, dr. Watson; pois os médicos terão uma palavra ou duas antes de terminarmos. Seus aposentos ficam no Westville Arms. Não há outro lugar, mas ouço dizerem que é limpo e bom. O homem vai levar suas malas. Por aqui, cavalheiros, por favor.

Era uma pessoa muito agitada e cordial, esse detetive de Sussex. Em dez minutos, todos nós tínhamos encontrado nossos aposentos. Em mais dez, estávamos todos sentados na sala da pousada, recebendo um rápido esboço dos eventos que foram delineados no capítulo anterior. MacDonald fazia uma ou outra anotação ocasional, enquanto Holmes permanecia sentado, absorto em si mesmo, com aquela expressão de admiração surpresa e reverente com que os botânicos examinam uma flor rara e preciosa.

– Notável! – Meu companheito disse, quando a história foi desvelada. – Notabilíssimo! Não me lembro de nenhum caso cujos contornos tenham sido mais peculiares.

– Achei que diria isso, sr. Holmes – falou White Mason, com grande deleite. – Estamos muito atualizados com os tempos aqui em Sussex. Acabo de lhes contar como os assuntos estão até o momento, até quando assumi o posto do sargento Wilson entre as três e as quatro horas desta madrugada. Dou minha palavra! Fiz a velha égua dar o sangue! Mas eu não precisava ter vindo com tanta pressa, como acabou se mostrando, pois não havia nada imediato que eu pudesse fazer. O sargento Wilson tinha todos os fatos. Verifiquei-os e os considerei e talvez acrescentei alguns por minha própria iniciativa.

– De que se tratavam? – Holmes perguntou ansiosamente.

– Bem, primeiro mandei examinarem o martelo. Lá estava o dr. Wood para me ajudar. Não encontramos nenhum sinal de violência no objeto. Eu esperava que se o sr. Douglas tivesse se defendido com o martelo, pudesse ter imprimido sua marca sobre o assassino antes de o ter deixado cair no tapete. Porém, não havia mancha.

– Isso, é claro, não prova absolutamente nada – apontou o inspetor MacDonald. – Já houve inúmeros assassinatos com martelos que não deixaram marca alguma no objeto.

– É verdade. Não prova que não tenha sido usado. Mas poderia ter existido manchas, e isso teria nos ajudado. Diga-se de passagem, não havia nenhuma. Em seguida, eu examinei a arma. Eram cartuchos de munição, e, como o sargento Wilson salientou, os gatilhos estavam amarrados juntos para que, se o de trás fosse puxado, ambos os canos seriam descarregados. Seja lá quem tenha feito esse arranjo, estava decidido a não correr riscos de errar o homem. A arma serrada não tinha mais de sessenta centímetros: a pessoa poderia carregá-la facilmente debaixo do casaco. O nome do fabricante não estava completo; porém, as letras P-E-N estavam impressas no vão entre os canos, e o resto do nome foi cortado pela serra.

– Um grande P em cima, com um floreio, e um E e um N menores? – perguntou Holmes.

– Exatamente.

– *Pennsylvania Small Arms Company:* uma empresa americana bem conhecida – completou Holmes.

White Mason olhou para meu amigo da forma como um médico de vilarejo pequeno olha para o especialista de Harley Street que, com apenas uma palavra, é capaz de resolver as dificuldades que deixaram o anterior perplexo.

– Isso é muito útil, sr. Holmes. Sem dúvida, o senhor está certo. Maravilhoso! Maravilhoso! O senhor leva os nomes de todos os fabricantes de armas do mundo na memória?

Holmes fez um aceno como quem não dá importância ao elogio.

– Sem dúvida, é uma espingarda americana – continuou White Mason. – Parece que li sobre uma espingarda de cano cerrado usada em algumas partes dos Estados Unidos. Mesmo sem a menção ao nome no cano, a ideia tinha me ocorrido. Há algumas evidências, portanto, de que esse homem que entrou na casa e assassinou o senhor dela era um americano.

MacDonald balançou a cabeça.

– Homem, certamente você está indo depressa demais – disparou ele. – Ainda não ouvi nenhum indício de que algum estranho esteve, de fato, na casa.

– A janela aberta, o sangue no parapeito, o cartão estranho, as marcas de bota no canto, a arma!

– Nada aí que não pudesse ter sido arranjado. O sr. Douglas era um americano, ou pelo menos viveu por bastante tempo nos Estados Unidos. Assim como o sr. Barker. Não é preciso importar um americano de fora para ser responsabilizado por feitos americanos.

– Ames, o mordomo...

– O que tem ele? É de confiança?

– Passou dez anos com *sir* Charles Chandos; sólido como uma rocha. Está com Douglas desde que este assumiu a mansão, há cinco anos. Nunca viu uma arma dessa natureza na casa.

– A arma foi feita para ser escondida. É por isso que os canos foram cerrados. Caberia dentro de qualquer caixa. Como ele poderia jurar que não havia tal arma na casa?

– Bem, de qualquer forma, ele nunca viu nenhuma.

MacDonald meneou a cabeça escocesa obstinada.

– Ainda não estou convencido de que houve alguém na casa – evidenciou. – Estou pedindo que considerem... – Seu sotaque ia ficando mais aberdoniano conforme ele se perdia no argumento. – Estou pedindo que considerem as implicações, caso suponham que essa arma foi trazida para dentro da casa e que todas essas coisas estranhas foram feitas por uma pessoa de fora. Ora essa, mas é inconcebível! Simplesmente confronta o bom senso! Dou-lhe a palavra, sr. Holmes, a julgar pelo que acabamos de ouvir.

– Bem, exponha seu argumento, sr. Mac – incitou Holmes, em seu estilo mais judicioso.

– O homem não é um ladrão; supondo que ele, de fato, existisse. O detalhe do anel e do cartão apontam para assassinato premeditado, levado por alguma motivação de cunho particular. Muito bem. Aqui está um homem que entra discretamente em uma casa com a intenção deliberada de cometer assassinato. Ele sabe, se é que sabe de alguma coisa, que terá dificuldade em encontrar sua fuga, já que a casa é cercada por água. Que arma ele escolheria? O senhor diria que ele escolheria a mais silenciosa do mundo, pois assim poderia ter esperanças de que o feito fosse consumado e que ele pudesse escapulir às pressas pela janela, atravessar o fosso e fugir a seu bel-prazer. Isso é compreensível. Porém, é compreensível que ele saísse do roteiro esperado para trazer consigo a arma mais barulhenta que pudesse selecionar, sabendo que atrairia todos os seres humanos na casa para o local tão depressa quanto ele pudesse correr e que todas as probabilidades apontavam para o fato de que ele seria visto antes de conseguir atravessar o fosso? Isso por acaso é crível, sr. Holmes?

– Bem, o senhor define o caso de forma plausível. – Meu amigo respondeu, pensativo. – O caso decerto necessita de um grande processo de justificação. Posso perguntar, sr. White Mason, se examinou o lado mais distante do fosso imediatamente para ver se havia algum sinal de o homem ter saído de dentro d'água?

– Não havia indícios, sr. Holmes. Porém, é uma plataforma de pedra, e não creio que poderíamos esperar encontrar esses sinais.

– Nenhuma marca ou pegada?

– Nenhuma.

– Aha! Haveria alguma objeção, sr. White Mason, a irmos à casa agora mesmo? Pode existir algum detalhe menor que talvez fosse sugestivo.

– Eu ia propor, sr. Holmes; mas pensei que seria melhor colocá-los a par de todos os fatos antes de irmos. Imagino que se algo de repente lhe chamar a atenção... – White Mason olhou com dúvidas para o amador.

– Já trabalhei com o sr. Holmes antes – comentou o inspetor MacDonald. – Ele conhece o jogo.

– A minha própria ideia de jogo, de qualquer forma – explicou Holmes, com um sorriso. – Entro em um caso para contribuir com os fins da justiça e o trabalho da polícia. Se algum dia eu me afastei da força oficial, é porque eles primeiro se afastaram de mim. Não desejo jamais me beneficiar à custa deles. Ao mesmo tempo, sr. White Mason, exijo o direito de trabalhar com meus próprios métodos e de lhe dar meus resultados no meu próprio tempo: completo em vez de em etapas.

– Tenho certeza de que somos honrados pela sua presença e por lhe mostrarmos tudo o que sabemos – disse White Mason, cordialmente. – Venha conosco, dr. Watson, e quando a hora chegar, todos nós esperamos ter um lugar no seu livro.

Caminhamos pela pitoresca rua do vilarejo, ladeada em ambos os lados por uma fileira de ulmeiros podados. Logo além, havia dois pilares de pedra muito antigos, curtidos pelas intempéries e manchados de líquens, em cujo topo havia alguma coisa disforme que outrora fora o leão rampante dos Capus de Birlstone. Uma curta caminhada sobre a pista sinuosa que levava até a casa, cercada por carvalhos e relva do tipo que se vê na Inglaterra rural, então uma guinada repentina, e a baixa e longa casa jacobina de tijolinhos encardidos cor de fígado se erguia diante de nós, com um jardim antiquado de teixos podados de cada lado. Conforme nos aproximávamos, notamos a ponte levadiça de madeira e o belo e amplo fosso, tão imóvel e luminoso como mercúrio sob o Sol frio de inverno.

Três séculos tinham fluído pela velha Manor House, séculos de nascimentos e retornos, de bailes rurais e de encontros de caçadores de raposa. Estranho que então, naquela idade avançada, tal assunto sombrio viesse a lançar suas sombras sobre aquelas veneráveis paredes! E ainda assim, aqueles telhados estranhos e pontiagudos e as cumeeiras íngremes pitorescas eram uma cobertura adequada para a intriga soturna e terrível. Quando olhei para as janelas recuadas e para o longo frontão de cor opaca, lambido pela água, senti que não poderia haver um cenário mais apropriado para tamanha tragédia.

– Aquela é a janela – apontou White Mason –, aquela à direita imediata da ponte levadiça. Está aberta tal qual a encontrei ontem à noite.

– Parece um tanto estreita para um homem passar por ela.

– Bem, não era um homem gordo, de qualquer forma. Não precisamos de suas deduções, sr. Holmes, para nos dizer esse detalhe. Porém, eu ou o senhor poderíamos nos espremer muito bem por ali.

Holmes caminhou até a beira do fosso e olhou para o outro lado. Em seguida, ele examinou a borda de pedra e a faixa de grama para além dela.

– Já dei uma boa olhada, sr. Holmes – expôs White Mason. – Não há nada lá, nenhum sinal de que alguém tenha subido na beira do fosso; mas por que a pessoa deveria deixar algum sinal?

– Exatamente. Por que deveria? A água é sempre turva?

– Geralmente, mais ou menos dessa cor. O fluxo d'água carrega argila.

– Qual é a profundidade?

– Cerca de sessenta centímetros em cada lado e quase um metro no meio.

– Assim, podemos deixar de lado todas as ideias de o homem ter se afogado ao cruzar o fosso.

– Certamente, uma criança não poderia se afogar.

Atravessamos a ponte levadiça e fomos admitidos por uma pessoa esquisita, retorcida e ressequida: o mordomo, Ames. O pobre velho estava branco e trêmulo do choque. O sargento do vilarejo, um homem alto, formal e melancólico, ainda mantinha sua vigília na sala fatídica. O médico havia partido.

– Alguma informação nova, sargento Wilson? – perguntou White Mason.

– Não, senhor.

– Então pode ir para casa. Já teve o bastante. Podemos mandar chamá-lo se precisarmos de você. É melhor o mordomo esperar do lado de fora. Diga-lhe para avisar o sr. Cecil Barker, a sra. Douglas e a governanta que nós podemos desejar dar uma palavrinha com eles neste momento. Muito bem, senhores, talvez me permitam primeiro lhes dar o ponto de vista que formei e depois poderão chegar aos seus próprios.

Ele me impressionou, esse especialista do interior. Tinha um apego sólido aos fatos e um cérebro frio, lúcido e de bom senso, que o levaria a ir longe na sua profissão. Holmes ouvia-o com atenção, sem nenhum sinal daquela impaciência que o expoente oficial produzia com tanta frequência.

– É suicídio ou assassinato? Essa é nossa primeira pergunta, não é, senhores? Se fosse suicídio, teríamos de acreditar que esse homem começou tirando a aliança de casamento e a escondendo; que ele então desceu até aqui com um robe por cima das roupas de dormir, pisoteou com lama o canto atrás da cortina para dar a ideia de que alguém estava esperando por ele, abriu a janela, colocou sangue no...

– Certamente podemos descartar esse cenário – interferiu MacDonald.

– É o que penso. Suicídio está fora de questão. Então um assassinato foi cometido. O que temos a determinar é: se foi feito por alguém de fora ou de dentro da casa.

– Bem, vamos ouvir o argumento.

– Existem dificuldades consideráveis em ambas as situações, porém, uma delas deve ter acontecido. Vamos supor inicialmente que alguma pessoa, ou pessoas, de dentro da casa cometeu o crime. Trouxeram então o homem até aqui em um momento em que se encontrava em silêncio, porém ninguém estava dormindo. Em seguida, cometeram o ato com a arma mais estranha e mais barulhenta no mundo, de modo a comunicar a todos sobre o que tinha acontecido; uma arma que nunca fora vista na casa antes. Esse não parece um começo muito provável, não é?

– Não, não parece.

– Bem, então, todos concordam que, depois do alarme, no máximo um minuto se passou antes que a casa inteira, e não apenas o sr. Cecil Barker, embora ele alegue ter sido o primeiro, mas Ames e todos os demais estavam no local. Quer me dizer que nesse meio-tempo o culpado conseguiu fazer pegadas no canto, abrir a janela, marcar o parapeito em sangue, tirar a aliança do dedo do morto e todo o resto? É impossível!

– O senhor coloca os fatos com muita clareza – considerou Holmes. – Estou inclinado a concordar.

– Muito bem, então, somos conduzidos de volta à teoria de que foi feito por alguém de fora. Ainda somos confrontados com algumas grandes dificuldades; mas, de qualquer forma, deixam de ser impossibilidades. O homem entrou na casa entre quatro e meia e seis horas da tarde; isso significa dizer, entre o pôr do sol e o horário em que a ponte foi levantada. Havia visitantes, e a porta estava aberta; portanto, nada poderia tê-lo impedido de entrar. Poderia se tratar de um ladrão comum, ou de alguém que nutrisse alguma espécie de rancor particular contra o sr. Douglas. Já que o sr. Douglas passou a maior parte da vida nos Estados Unidos, e essa espingarda aparenta ser uma arma americana, seria de pensar que um rancor particular fosse a teoria mais provável. O homem entrou sorrateiramente neste cômodo porque foi o primeiro onde entrou, e ele se escondeu atrás da cortina. Lá ele permaneceu até depois das onze horas da noite. Nesse momento, o sr. Douglas entrou no cômodo. Foi uma curta conversa, se é que houve alguma; pois a sra. Douglas declara que o marido não deixara a companhia dela por mais do que alguns minutos quando ela ouviu o disparo.

– A vela mostra isso – lembrou Holmes.

– Exatamente. A vela, que era nova, queimou pouco mais de um centímetro. Ele deve tê-la colocado na mesa antes de ter sido atacado; caso contrário, é claro, teria caído quando ele caiu. Isso mostra que ele não foi atacado no instante em que entrou na sala. Quando o sr. Barker chegou, a vela estava acesa e o lampião estava apagado.

– Isso tudo é bem claro.

– Ora, podemos reconstruir os fatos nestas linhas: o sr. Douglas entra na sala. Ele apaga a vela. Um homem aparece por trás da cortina. Ele está armado com esta arma. Ele exige o anel de casamento; só Deus sabe o porquê, mas deve ter sido assim. O sr. Douglas lhe entregou. Então, quer tenha sido a sangue-frio ou no decurso de uma luta (Douglas pode ter apanhado o martelo que estava em cima do tapete), ele atirou em Douglas desse modo horrível. Em seguida, largou a arma e também, ao que parece, esse estranho cartão, V. V. 341, seja lá o que significa, e fugiu pela janela e cruzou o fosso no exato momento em que Cecil Barker estava descobrindo o crime. Que tal, sr. Holmes?

– Muito interessante, mas pouco convincente.

– Homem, seria um disparate absoluto se não fosse algo ainda pior! – exclamou MacDonald. – Alguém matou o sujeito, e quem quer que tenha sido, eu dificilmente conseguiria provar-lhes que ele tivesse agido de qualquer outro modo. E o que ele pretendia ao permitir que sua retirada fosse interrompida dessa forma? O que ele pretendia ao usar uma espingarda quando o silêncio era sua única chance de fuga? Ora, sr. Holmes, cabe ao senhor nos dar um norte, já que nos disse que a teoria do sr. White Mason não é convincente.

Holmes havia permanecido no seu assento, em intensa observação durante a longa discussão, sem perder uma palavra do que era dito, com os olhos argutos desviando para a direita e para a esquerda, e sua testa franzida em especulação.

– Gostaria de mais alguns fatos antes de poder elaborar uma teoria, sr. Mac – pediu ele, ajoelhando-se ao lado do corpo. – Puxa vida! Esses ferimentos são, de fato, terríveis. Podemos receber o mordomo por um momento? Ames, segundo me consta, você viu muitas vezes essa marca incomum, um triângulo dentro de um círculo impressos na pele do antebraço do sr. Douglas?

– Frequentemente, senhor.

– Nunca ouviu qualquer especulação sobre o significado?

– Não, senhor.

– A marca deve ter causado muita dor quando infligida. É, sem dúvida, uma queimadura. Pois bem: eu observo, Ames, que há um pequeno curativo no ângulo da mandíbula do sr. Douglas. Você observou isso em vida?

– Sim, senhor, ele se cortou ao se barbear ontem de manhã.

– Alguma vez antes você soube que ele se cortou ao se barbear?

– Não há muito tempo, senhor.

– Sugestivo! – disse Holmes. – Pode, é claro, ser uma mera coincidência, ou pode apontar para algum nervosismo que indicaria que ele tinha razão para temer o perigo iminente. Notou algo de estranho na conduta dele ontem, Ames?

– Pareceu-me que ele estava um pouco agitado e ansioso, senhor.

– Aha! O ataque pode não ter sido totalmente inesperado. Parece que estamos fazendo um pequeno progresso, não? Talvez prefira fazer o interrogatório, sr. Mac?

– Não, sr. Holmes, está em mãos melhores do que as minhas.

– Pois bem, passemos a este cartão: V. V. 341. É papelão rústico. Vocês teriam algo parecido na casa?

– Acho que não.

Holmes atravessou o espaço até a escrivaninha e pingou uma pequena mancha de cada frasco no mata-borrão.

– Não foi impresso nesta sala – concluiu ele. – Essa tinta é preta e a outra é arroxeada. Foi escrito com uma caneta grossa e essas são finas. Não, foi escrito em outro lugar, devo dizer. Você faz alguma ideia sobre a inscrição, Ames?

– Não, senhor, nada.

– O que acha, sr. Mac?

– Me dá a impressão de algum tipo de sociedade secreta; o mesmo com o distintivo marcado no antebraço.

– Essa é também a minha ideia – concordou White Mason.

– Bem, podemos adotar como hipótese de trabalho e vermos até onde nossas dificuldades desaparecem. Um agente de tal sociedade entra na casa, espera pelo sr. Douglas, explode-lhe os miolos perfeitamente com essa arma e foge atravessando o fosso, depois de ter deixado um cartão ao lado do defunto, o que informará aos outros membros da sociedade, após menção nos jornais, que a vingança foi realizada. Tudo se encaixa. Mas por que essa arma, dentre todas as armas?

– Exatamente.

– E por que o anel desapareceu?

– De fato.

– E por que não houve prisão? Agora já passa das duas horas da tarde. Eu daria como certo que, desde a aurora, todos os policiais em um raio de sessenta e cinco quilômetros estão procurando por um estranho molhado, não?

– É isso mesmo, sr. Holmes.

– Bem, a menos que ele tenha um esconderijo por perto ou uma muda de roupas pronta, dificilmente os policiais deixariam de encontrá-lo. No entanto, não o encontraram até agora!

Holmes tinha caminhado até a janela e estava examinando com a lupa a mancha de sangue no parapeito.

– É sem dúvida uma marca de sapato. Notavelmente amplo; um pé chato, pode-se dizer. Curioso, porque, até onde se pode decifrar qualquer tipo de pegada nesse canto enlameado, eu diria que tem uma sola mais definida. No entanto, certamente muito indistintas. O que é isso debaixo da mesa lateral?

– Os halteres do sr. Douglas – respondeu Ames.

– Haltere, já que existe apenas um. Onde está o outro?

– Não sei, sr. Holmes. Pode ter havido apenas um. Não presto atenção neles há meses.

– Um haltere... – recitou Holmes, sério; mas seus comentários foram interrompidos por uma batida intensa na porta.

Um homem alto, queimado de Sol, de aparência capaz e rosto barbeado olhou para nós. Não tive dificuldade em supor que era o tal Cecil Barker de quem eu tinha ouvido falar. Seus olhos magistrais viajaram rapidamente com um olhar interrogativo de uma face para a outra dos presentes.

– Desculpe pôr fim à sua consulta – interrompeu ele –, porém deveriam ouvir as últimas notícias.

– Uma prisão?

– Não temos tanta sorte. Mas encontraram a bicicleta. O sujeito deixou a bicicleta para trás. Venham dar uma olhada. Está a cem metros da porta do salão.

Encontramos três ou quatros cavalariços e curiosos parados no caminho de entrada da casa, inspecionando a bicicleta que fora retirada de uma moita de sempre-vivas na qual tinha sido escondida. Era uma Rudge-Whitworth bem usada e respingada como se tivesse feito uma jornada considerável. Havia um alforje com uma chave-inglesa e uma lata de óleo, mas nenhuma pista sobre o proprietário.

– Seria de grande ajuda para a polícia – incitou o inspetor –, se esses objetos fossem numerados e registrados. Mas devemos ser gratos pelo que temos. Se não descobrirmos para onde ele foi, pelo menos é provável que descubramos de onde ele veio. Mas o que será, em nome do que é maravilhoso, fez esse sujeito deixá-la para trás? E como, no mundo todo, ele fugiu sem a bicicleta? Não parecemos conseguir obter nem sequer um vislumbre de luz sobre o caso, sr. Holmes.

– Não conseguimos? – Meu amigo respondeu pensativamente. – Eu me pergunto!

Capítulo 5

• As personagens do drama •

– Já viu tudo o que deseja no escritório? – perguntou White Mason ao retornarmos para a casa.

– Por ora – concluiu o inspetor, e Holmes assentiu.

– Então agora talvez o senhor gostaria de ouvir os relatos de algumas das pessoas da casa. Podemos usar a sala de jantar, Ames. Por favor, venha primeiro e nos conte o que sabe.

O depoimento do mordomo foi simples e claro, e ele nos transmitiu uma impressão convincente de sinceridade. Estava empregado ali fazia cinco anos, desde que Douglas chegara a Birlstone. Ele compreendia que o sr. Douglas era um cavalheiro rico que tinha feito fortuna nos Estados Unidos. Tinha sido um empregador gentil e atencioso – não exatamente o que Ames estava acostumado a encontrar, talvez; porém, não se podia ter tudo. Ele nunca vira nenhum sinal de apreensão no sr. Douglas: pelo contrário, o patrão era o homem mais destemido que ele conhecera. Ele exigia que a ponte levadiça fosse levantada, pois esse era o costume muito antigo da velha casa, e ele gostava de continuar com os antigos hábitos.

O sr. Douglas raramente ia a Londres ou deixava o vilarejo; porém, no dia anterior ao crime, ele saíra para fazer compras em Tunbridge Wells. Ele (Ames) havia observado alguma inquietação e ansiedade por parte do sr. Douglas naquele dia, pois ele parecia impaciente e irritável, o que lhe era incomum. O patrão não foi para a cama naquela noite; mas estava na despensa nos fundos da casa, guardando a prataria, quando ouviu o sino tocar violentamente. Não ouviu tiro nenhum; mas era muito improvável que ouvisse, já que a despensa e a cozinha ficavam localizadas na parte mais ao fundo da casa e havia várias portas fechadas e um longo corredor entre uma coisa e outra. A governanta saiu de seu quarto, atraída pelo toque violento do sino. Ambos tinham se encaminhado até a frente da casa juntos.

Ao chegarem ao pé da escada, Ames viu a sra. Douglas descendo. Não, ela não estava apressada; não pareceu a ele que a senhora estivesse particularmente agitada. Assim que ela alcançou o pé da escada, o sr. Barker já havia saído às pressas do escritório. Ele havia detido a sra. Douglas e implorado que ela voltasse.

– Pelo amor de Deus, volte para seu quarto! – ele gritou. – O pobre Jack está morto! Você não pode fazer nada. Pelo amor de Deus, volte!

Depois de certa persuasão escada acima, a sra. Douglas voltou. Ela não gritou. Ela não soltou nenhum tipo de exclamação. A sra. Allen, a governanta, a levara para cima e ficara com ela no quarto. Ames e o sr. Barker haviam, então, voltado para o escritório, onde encontraram tudo exatamente como a polícia vira. A vela não estava acesa no momento; mas o lampião estava queimando. Eles tinham olhado pela janela; porém, a noite estava escura e nada pôde ser visto ou ouvido. Em seguida, correram para o salão, onde Ames tinha girado o molinete que baixava a ponte levadiça. O sr. Barker, assim, tinha saído às pressas para buscar a polícia.

Esses, em linhas gerais, eram os relatos do mordomo.

O depoimento da sra. Allen, a governanta, eram, até onde chegavam, uma corroboração ao depoimento de seu colega de serviço. O quarto da governanta ficava um tanto mais próximo da frente da casa do que a despensa na qual Ames estivera trabalhando. Ela estava se preparando para dormir quando o tocar estridente do sino atraiu sua atenção. A governanta tinha a audição um pouco ruim. Talvez tenha sido por isso que não ouviu o disparo; apesar disso, o escritório ficava bem distante. Ela se lembrava de ter ouvido algum som que imaginou ser uma batida de porta. Isso foi bem mais cedo – meia hora, pelo menos, antes do tocar do sino. Quando o sr. Ames correu para a frente da casa, ela foi com ele. A senhora viu então o sr. Barker, muito pálido e agitado, saindo do escritório. Barker interceptou a sra. Douglas, que estava descendo as escadas. Ele insistiu que ela voltasse e ela respondeu; porém, o que falou não foi ouvido.

– Leve-a para cima! Fique com ela! – Cecil dissera para a sra. Allen.

Esta, portanto, levou a senhora para o quarto, e fez grandes esforços para acalmá-la. Estava grandemente transtornada, tremendo inteira, mas não fez outra tentativa de descer. Apenas ficou sentada em seu robe, ao pé da lareira do quarto, com a cabeça afundada nas mãos. A sra. Allen permaneceu com ela pela maior parte da noite. Quanto aos outros criados, todos tinham ido dormir, e o alarme não os alcançou até logo antes de a polícia chegar. Dormiam na extremidade dos fundos da casa e não haveria como terem ouvido nada.

Então, a governanta não podia acrescentar mais nada para o exame cruzado dos fatos, exceto lamentos e expressões de espanto.

Cecil Barker foi a testemunha que falou depois da sra. Allen. Quanto às ocorrências da noite anterior, ele tinha muito pouco a acrescentar ao que já informara à polícia. Pessoalmente, ele estava convencido de que o assassino havia escapado pela janela. A mancha de sangue era conclusiva nesse quesito, em sua opinião. Além disso, como a ponte estava erguida, não havia outra rota de fuga. Ele não tinha capacidade de explicar o que era feito do assassino ou por que ele não levara a bicicleta, se é que fosse mesmo dele. O criminoso não poderia ter se afogado no fosso, que, em nenhum ponto, tinha mais de um metro de profundidade.

Em sua mente, ele havia formado uma teoria muito definitiva sobre o assassinato. Douglas era um homem reticente, e existiam capítulos na sua vida dos quais ele nunca falava. Tinha imigrado para os Estados Unidos quando muito jovem. Lá, havia prosperado, e Barker o conhecera na Califórnia, onde tinham se tornado sócios em um empreendimento muito bem-sucedido de mineração, em uma concessão de um local chamado Benito Canyon. Tinham se saído muito bem; mas Douglas, de repente, vendeu tudo e começou a mudança de volta para a Inglaterra. Nessa época, ele era viúvo. Barker posteriormente havia pegado seu dinheiro e partido para viver em Londres. Desta forma, eles reataram a amizade.

Douglas lhe dera a impressão de que algum perigo pairava sobre sua cabeça. Barker sempre encarou a partida repentina de Douglas da Califórnia e também o aluguel de uma casa em localização tão remota da Inglaterra como fato conectado a esse perigo iminente. Ele imaginava que alguma sociedade secreta, alguma organização implacável, estivesse no rastro de Douglas e que nunca descansaria até que o matasse. Alguns comentários de Douglas lhe tinham dado essa ideia; embora nunca houvesse tocado no assunto de qual sociedade era essa nem de que forma ele pudesse tê-la ofendido. Barker só podia supor que os escritos no papelão pudessem ter alguma referência a tal sociedade secreta.

– Por quanto tempo o senhor ficou com Douglas na Califórnia? – perguntou o inspetor MacDonald.

– Cinco anos ao todo.

– Ele era solteiro, o senhor diz?

– Viúvo.

– Alguma vez o senhor ouviu de onde vinha a primeira esposa dele?

– Não, eu me lembro de ele dizer que ela provinha de família alemã, e eu vi um retrato dela. Era uma mulher muito bonita. Morreu de febre tifoide no ano em que eu o conheci.

– O senhor não associa o passado dele a nenhuma região particular dos Estados Unidos?

– Ouvi-o falar de Chicago. Ele conhecia bem a cidade e tinha trabalhado lá. Ouvi-o falar dos distritos de carvão e de ferro. O sr. Douglas já tinha viajado bastante nesse meio-tempo.

– Ele era um sujeito político? Essa sociedade secreta tinha alguma coisa a ver com política?

– Não, ele não tinha interesse algum em política.

– Tem alguma razão para considerá-lo um criminoso?

– Pelo contrário, nunca conheci um homem mais reto na minha vida.

– Havia algo de curioso sobre a vida dele na Califórnia?

– Ele gostava mais de ficar em casa e de trabalhar em nossa concessão nas montanhas. Nunca ia a lugares onde havia outros homens, se pudesse evitar. Foi quando pensei, pela primeira vez, que alguém estava atrás dele. Então, quando ele partiu para a Europa tão repentinamente, tive certeza de que esse fosse o caso. Acredito que ele tivesse recebido um aviso de alguma natureza. Uma semana depois de sua partida, meia dúzia de homens estava procurando por ele.

– Que tipo de homens?

– Bem, eram um bando de durões. Vieram até a concessão e quiseram saber onde ele estava. Eu lhes disse que ele tinha partido para a Europa e que eu não sabia onde encontrá-lo. Eles não tinham boas intenções; isso era fácil de ver.

– Esses homens eram americanos... californianos?

– Bem, não sei quanto a serem californianos, mas eram americanos, com certeza. Porém, não eram mineradores. Não sei o que eram e fiquei muito contente em vê-los pelas costas.

– Isso foi há seis anos?

– Quase sete.

– E então vocês passaram cinco anos juntos na Califórnia, de forma que esse assunto data de não menos do que onze anos?

– De fato.

– Deve ser uma desavença muito séria para continuar vívida por todo esse tempo. Não poderia ter se originado em nada simples.

– Creio que foi uma sombra que lhe atravessou a vida inteira. Nunca saiu da mente dele.

– Mas se um homem tinha tal perigo pairando sobre a cabeça, e sabia o que era, não acha que ele teria que ter recorrido à polícia para se proteger?

– Talvez fosse algum perigo contra o qual ele não pudesse se proteger. Há uma coisa que o senhor deveria saber. Ele sempre andava armado. O revólver nunca saía do bolso. Porém, ontem à noite, por um azar, Douglas estava de roupão e tinha deixado a arma no quarto. Com a ponte levantada, acho que ele pensou que estivesse seguro.

– Gostaria de esclarecer um pouco melhor essas datas – solicitou MacDonald. – Faz quase seis anos que Douglas deixou a Califórnia. O senhor o seguiu no ano seguinte, não foi?

– Sim, foi.

– E ele estava casado há cinco anos. O senhor deve ter retornado na época do casamento.

– Cerca de um mês antes. Fui o padrinho.

– Conhecia a sra. Douglas antes do casamento?

– Não, eu não a conhecia. Fiquei distante da Inglaterra por dez anos.

– Mas o senhor a viu bastante desde então.

Barker direcionou um olhar severo para o detetive.

– Eu vi *Douglas* bastante desde então – respondeu. – Se eu a vi, foi porque não é possível visitar um homem sem lhe conhecer a esposa. Se o senhor imagina que existe alguma conexão...

– Não imagino nada, sr. Barker. Sou obrigado a fazer todas as investigações que possam pesar sobre o caso, mas não tenho intenção de ofender.

– Algumas investigações são ofensivas – Barker respondeu, zangado.

– Só desejo os fatos. É do seu interesse e do interesse de todos que os fatos sejam esclarecidos. O sr. Douglas aprovava totalmente sua amizade com a esposa dele?

Barker ficou pálido e suas grandes mãos fortes se uniram convulsivamente uma na outra.

– Não tem o direito de fazer tais perguntas! – exclamou ele. – O que isso tem a ver com o assunto que o senhor está investigando?

– Devo repetir a pergunta.

– Bem, eu me recuso a responder.

– O senhor pode se recusar a responder; mas deve ter ciência de que sua recusa, em si mesma, é uma resposta, pois não recusaria se não tivesse nada a esconder.

Por um momento, o rosto de Barker se configurou em uma expressão sombria, e as grossas sobrancelhas negras se franziram em intensa reflexão. Então ele ergueu os olhos com um sorriso.

– Bem, creio que os cavalheiros estão simplesmente fazendo seu claro dever, afinal de contas, e não tenho o direito de me interpor no caminho. Só peço que não preocupem a sra. Douglas com esse assunto, pois ela já tem o suficiente com que lidar no momento. Posso lhe dizer que o pobre Douglas tinha apenas um defeito no mundo e esse era o ciúmes. Ele tinha afeto por mim; nenhum homem poderia ter mais afetos por um amigo. E ele era devoto da esposa. Adorava que eu viesse para cá e me convidava o tempo todo. Apesar disso, se a esposa e eu conversávamos ou se parecesse haver qualquer entendimento entre nós, uma espécie de onda de ciúmes o inundava, e ele saía do prumo e dizia as coisas mais insanas em questão de instantes. Mais de uma vez eu recusei vir por esse motivo, e então ele me escrevia cartas tão penitentes e suplicantes que não me restava alternativa. Porém, podem estar certos, cavalheiros, como se fosse minha última palavra, que nenhum homem teve esposa mais amorosa e fiel... e também não posso falar de um amigo mais leal do que eu!

Isso ele falou com fervor e sentimento; porém, o inspetor MacDonald não abandonava o assunto.

– O senhor tem ciência – retomou o inspetor –, de que a aliança do homem lhe foi retirada do dedo?

– É o que parece – endossou Barker.

– Como assim, "é o que parece"? O senhor sabe que é um fato.

O homem parecia confuso e indeciso.

– Quando falei "é o que parece", quis dizer que seria concebível que ele mesmo tivesse tirado o anel.

– O mero fato de que a aliança estivesse ausente, quem quer que a tivesse removido, não sugere que o casamento e a tragédia estavam conectados?

Barker encolheu os ombros largos.

– Não posso afirmar o que isso significa – respondeu ele. – Mas se pretende sugerir que isso implicaria de alguma forma na honra dessa dama... – Seus olhos fulguram por um instante, e então, com esforço evidente, ele controlou as emoções. – Bem, está no caminho errado, isso é tudo.

– Não sei se tenho mais alguma coisa a lhe perguntar no momento – emendou MacDonald, friamente.

– Há um detalhe – interferiu Sherlock Holmes. – Quando o senhor entrou na sala, havia apenas uma vela iluminada na mesa, não foi isso?

– Sim, foi.

– Sob essa luz o senhor viu que um incidente terrível havia se passado?

– Exato.

– E imediatamente chamou ajuda?

– Sim.

– E a ajuda chegou em grande velocidade?

– Dentro de um minuto, mais ou menos.

– E, ainda assim, quando a ajuda chegou, encontraram a vela apagada e o lampião aceso. Parece-me muito notável.

Mais uma vez, Barker mostrou alguns sinais de indecisão.

– Não vejo por que seria notável, sr. Holmes – respondeu ele, depois de uma pausa. – A vela projetava uma luz muito ruim. Meu primeiro pensamento foi obter uma luz melhor. O lampião estava na mesa; portanto, eu o acendi.

– E apagou a vela?

– Exatamente.

Holmes não fez mais perguntas, e Barker, com um olhar deliberado de um de nós para o outro, que me pareceu conter algum nível de desafio, virou-se e deixou o recinto.

O inspetor MacDonald enviara um bilhete com o objetivo de comunicar que esperaria pela sra. Douglas nos aposentos dela; mas ela respondera que o encontraria na sala de jantar. Ela entrou, naquele momento: uma mulher alta e bonita de trinta anos, reservada e com grande dose de confiança, muito diferente da figura trágica e transtornada que eu imaginara. É verdade que seu rosto estava pálido e abatido, como o de alguém que enfrentou grande choque; mas seus modos eram compostos, e a mão finamente delineada, a qual ela pousava na beirada da mesa, mostrava-se tão firme quanto a minha. Seus olhos tristes e cativantes viajaram de um para outro de nós com uma expressão curiosamente inquisitiva. Esse olhar questionador se transformou de repente em um discurso abrupto.

– Ainda não descobriram nada? – ela perguntou.

Era minha imaginação que houvesse uma sugestão de medo em vez de esperança naquela pergunta?

– Fizemos todos os passos possíveis, sra. Douglas – disse o inspetor. – Pode ter certeza de que nada será negligenciado.

– Não poupe dinheiro – ela reagiu em um tom morto e inflexível. – É meu desejo que todos os esforços possíveis sejam feitos.

– Talvez a senhora possa nos dizer algo que projete alguma luz sobre o assunto em questão.

– Temo que não; mas tudo o que sei está a seu serviço.

– Ouvimos do sr. Cecil Barker que a senhora não chegou a ver, de fato... que nunca entrou na sala onde a tragédia ocorreu, certo?

– Não, ele me fez subir de novo as escadas. Ele me implorou para retornar ao meu quarto.

– Compreendo. A senhora ouviu o disparo e desceu imediatamente.

– Vesti meu penhoar e desci.

– Quanto tempo se passou entre ter ouvido o disparo e ter sido parada na escada pelo sr. Barker?

– Pode ter sido alguns minutos. É muito difícil ter controle do tempo em momentos como esses. Ele me implorou para não continuar em frente. Garantiu-me que eu não poderia fazer nada. Então, a sra. Allen, a governanta, levou-me para cima novamente. Tudo pareceu algum sonho apavorante.

– Pode nos dar alguma ideia de quanto tempo seu marido passou no andar de cima antes de a senhora ouvir o disparo?

– Não, não sei dizer. Ele saiu do quarto de vestir sem que eu ouvisse. Meu marido fazia a ronda da casa todas as noites, pois temia incêndios. É a única coisa que ele temia até onde eu sei.

– É exatamente este o ponto aonde desejo chegar, sra. Douglas. A senhora conheceu seu marido apenas na Inglaterra, não é verdade?

– Sim, nós nos casamos há cinco anos.

– Alguma vez já ouviu seu marido mencionar algo que tenha ocorrido com ele nos Estados Unidos e que possa representar algum perigo para ele?

A sra. Douglas pensou genuinamente antes de responder.

– Sim – ela disse, enfim. – Sempre senti que havia perigo pairando sobre ele. Ele se recusava a discutir esse tema comigo. Não era uma questão de confiança por mim; havia o mais completo amor e a mais completa relação de respeito entre nós. Apesar disso, seu desejo era me proteger de todo tipo de alarmes. Ele achava que eu ficaria ruminando sobre esses fatos se eu os soubesse, portanto, ele manteve silêncio.

– Como a senhora ficou sabendo, então?

O rosto da sra. Douglas se iluminou com um rápido sorriso.

– É possível que um marido consiga manter um segredo de sua esposa pela vida inteira e uma mulher que o ama nunca suspeitar de nada? Eu sabia por causa da recusa dele em falar sobre alguns episódios de sua vida nos Estados Unidos. Eu sabia por causa de certas precauções que ele tomava. Eu sabia por causa de certas palavras que ele deixava escapar. Eu sabia por causa da forma com que ele olhava para estranhos inesperados. Eu tinha total certeza de que ele contava com alguns inimigos poderosos, que ele acreditava que essas pessoas estavam no seu rastro e que, por isso, ele permanecia sempre de guarda contra essa gente. Eu tinha tanta certeza que, por anos, tive pavor de que algum dia ele chegasse em casa mais tarde do que o esperado.

– Permita-me perguntar – pediu Holmes –, quais foram as palavras que atraíram sua atenção?

– O Vale do Medo – a dama respondeu. – Essa era uma expressão que ele usava quando eu o questionava. "Estive no Vale do Medo. Ainda não saí dele." "Será que nunca sairemos do Vale do Medo?", eu lhe perguntei certa vez, quando o notei mais sério do que o usual. "Às vezes, acho que nunca sairemos", ele respondeu.

– Certamente a senhora perguntou o que ele queria dizer com Vale do Medo, não?

– Eu perguntei; mas seu rosto adquiria um aspecto muito sério e ele sacudia a cabeça. "Já é ruim o bastante que apenas um de nós tenha passado pelas sombras dele", ele me disse. "Queira Deus que nunca caiam sobre você!" Era algum vale real no qual ele tinha vivido e no qual algo terrível tinha ocorrido com ele, disso eu tenho certeza; mas não posso dizer mais nada.

– E ele nunca mencionou nome algum?

– Sim. Ele estava delirando de febre uma vez, quando sofreu o acidente de caça, há três anos. Então eu me lembro de que um nome vinha continuamente a seus lábios. Ele falava com raiva e uma espécie de horror. McGinty era o nome; mestre McGinty. Perguntei-lhe, quando ele se recuperou, quem era esse mestre McGinty e mestre de quem ele era. "Mestre meu nunca, graças a Deus!", ele respondeu com uma risada, e foi tudo o que consegui arrancar dele. Porém, existe uma conexão entre o mestre McGinty e o Vale do Medo.

– Existe um outro ponto – disse o inspetor MacDonald. – A senhora conheceu o sr. Douglas em uma pensão em Londres, não foi, e ficou noiva dele nesse lugar? Houve algum romance, algo secreto ou misterioso envolvendo o casamento?

– Houve romance. Sempre há romance. Não houve nada de misterioso.

– Ele não tinha rivais?

– Não, eu era inteiramente desimpedida.

– A senhora ouviu, sem dúvida, que a aliança de casamento foi levada. Isso lhe sugere alguma coisa? Imagina que algum inimigo da vida antiga do seu marido possa tê-lo encontrado e cometido esse crime? Que tipo de razão pode ter havido para que levassem a aliança?

Por um instante, eu poderia ter jurado que a sombra mais tênue de um sorriso perpassou os lábios da mulher.

– Não sei dizer realmente – ela respondeu. – Decerto que é algo da mais extraordinária natureza.

– Bem, não vamos detê-la mais, e lamentamos ter lhe causado esse inconveniente em um momento como esse – lamentou o inspetor. Há alguns outros pontos, sem dúvida; mas podemos *voltar a procurar* a senhora quando eles vierem à tona.

A sra. Douglas se levantou, e novamente eu tive consciência daquele rápido olhar questionador com que ela nos tinha analisado. "Que impressão meu depoimento causou nos senhores?" A pergunta poderia ter sido falada em voz alta. Então, com uma reverência, ela saiu do cômodo às pressas.

– É uma bela mulher, muito bela – comentou MacDonald, pensativo, depois que a porta se fechou atrás dela. – Esse homem, Barker, frequentou muito essas bandas. Ele é um homem que pode ser considerado atraente para uma mulher. Ele admite que o falecido era um homem ciumento, e que talvez ele soubesse bem quais causas havia para o ciúmes. Então há a aliança. Não se pode perder essa questão de vista. O homem que arranca a aliança de casamento do dedo de um defunto; o que diz sobre isso, sr. Holmes?

Meu amigo estava sentado com a cabeça apoiada nas mãos, no mais profundo pensamento. Nesse momento, ele se levantou e tocou o sino.

– Ames – chamou ele, quando o mordomo entrou. – Onde está o sr. Cecil Barker agora?

– Verei, senhor.

O mordomo voltou em um instante para dizer que Barker estava no jardim.

– Consegue se lembrar, Ames, o que o sr. Barker usava nos pés ontem à noite quando você o encontrou no escritório?

– Sim, sr. Holmes. Ele usava um par de pantufas de quarto. Eu lhe trouxe as botas antes de ele sair em busca da polícia.

– Onde estão as pantufas agora?

– Ainda estão debaixo da escada do salão.

– Muito bem, Ames. É, é claro, importante para nós sabermos quais pegadas podem ser do sr. Barker e quais são de fora.

– Sim, senhor. Devo dizer que eu notei que as pantufas estavam manchadas de sangue, assim como as minhas.

– É natural o suficiente, considerando a condição da sala. Muito bom, Ames. Tocaremos o sino se precisarmos de você.

Alguns minutos mais tarde, estávamos no escritório. Holmes tinha trazido com ele as pantufas de quarto que pegara do salão. Conforme Ames tinha observado, a sola de ambas estavam escuras de sangue.

– Estranho! – murmurou Holmes, parado na luz da janela, examinando-os minuciosamente. – De fato, muito estranho!

Abaixando-se com um de seus velozes pulos felinos, ele pôs a pantufa sobre a marca de sangue no parapeito. Correspondia perfeitamente. Ele sorriu em silêncio para seus colegas.

O inspetor ficou transfigurado de entusiasmo. Seu sotaque nativo sacudia como um graveto em trilhos.

– Homem! – ele exclamou. – Não resta dúvida! Foi o próprio Barker quem marcou a janela. É uma pegada bem mais ampla do que qualquer impressão de bota. Lembro-me de ouvi-lo falar sobre o pé chato, e aqui está a explicação. Mas qual é o jogo, sr. Holmes... qual é o jogo?

– Sim, qual é o jogo? – Meu amigo repetiu, pensativo.

White Mason deu risada e esfregou as mãos roliças uma na outra, em uma amostra de sua satisfação profissional.

– Falei que era um caso insólito! – ele exclamou. – E insólito, de fato é!

Capítulo 6

• A luz do alvorecer •

Os três detetives tinham muitos detalhes a serem investigados; por isso, voltei sozinho para nossos modestos aposentos na estalagem do vilarejo. Porém, antes de fazer isso, dei um passeio no curioso jardim do velho mundo que ladeava a casa. Fileiras de teixos muito antigos podados em desenhos estranhos cingiam-no. Dentro, havia uma extensão de gramado com um relógio de Sol antigo no meio; o efeito todo era tão reconfortante e conferia um ar de tamanha tranquilidade que foi uma atmosfera bem-vinda aos meus nervos um tanto abalados.

Naquela atmosfera profundamente pacífica, era possível esquecer, ou recordar como sendo apenas um pesadelo fantástico, daquele estudo sombrio com a figura esparramada e manchada de sangue no chão. Contudo, enquanto eu caminhava pelo jardim e tentava derramar minha alma em seu bálsamo suave, ocorreu um estranho incidente que me trouxe de volta à tragédia e deixou uma impressão sinistra em minha mente.

Eu disse que uma decoração de teixos circundava o jardim. Pois bem, na extremidade mais distante da casa, eles se transformavam em uma cobertura contínua. Do outro lado dessa cerca, escondida dos olhos de qualquer um que se aproximasse da direção da casa, havia um assento de pedra. Ao me aproximar do local, percebi vozes, algumas observações feitas nos tons profundos de um homem, respondidas por uma pequena onda de risada feminina.

Um instante depois, cheguei ao fim da sebe, e meus olhos se iluminaram sobre a sra. Douglas e o homem Barker, antes que percebessem minha presença. A aparência da dama me provocou choque. Na sala de jantar, ela se mostrou recatada e discreta. Agora, toda a simulação de pesar a havia abandonado. Seus olhos brilhavam com a alegria de viver, e seu rosto ainda tremia de diversão depois de alguma observação que fora feita por seu companheiro. Barker se sentou para a frente, com as mãos entrelaçadas e os antebraços apoiados nos joelhos, com um sorriso de resposta no rosto atrevido e bonito. Em um instante – mas foi apenas um instante tarde demais –, eles retomaram suas máscaras solenes assim que minha figura apareceu. Trocaram uma palavra apressada ou duas, e então Barker se levantou e veio na minha direção.

– Com licença, senhor – disse ele –, mas estou me dirigindo ao dr. Watson?

Eu me curvei com uma frieza que, ouso dizer, transparecia bem a impressão que havia sido produzida em minha mente.

– Pensamos que fosse provavelmente o senhor, já que sua amizade com o sr. Sherlock Holmes é tão conhecida. Faria a gentileza de vir falar com a sra. Douglas por um instante?

Eu o acompanhei com um rosto severo. Muito claramente, eu conseguia enxergar na mente aquela figura quebrada no chão. Ali, poucas horas após a tragédia, sua esposa e seu amigo mais próximo riam juntos atrás de um arbusto no jardim que fora dele. Cumprimentei a dama com reserva. Eu tinha sofrido com a dor dela na sala de jantar. Agora eu encontrava seu olhar atraente sem a mesma reação.

– Temo que o senhor me considere dura e insensível – expôs ela.

Encolhi os ombros.

– Não é da minha conta – respondi.

– Talvez algum dia o senhor me faça justiça. Se ao menos percebesse...

– Não há necessidade de o dr. Watson perceber – Barker apressou-se a responder. – Como ele mesmo disse, não é da conta dele.

– Exato – devolvi –, e por isso vou pedir licença para retomar minha caminhada.

– Um momento, dr. Watson! – exclamou a mulher em uma voz suplicante. – Há uma pergunta que o senhor pode responder com mais autoridade do que qualquer outra pessoa no mundo, e pode fazer uma grande diferença para mim. O senhor conhece as relações do sr. Holmes com a polícia melhor do que qualquer outra pessoa. Supondo que um assunto fosse trazido em caráter confidencial ao conhecimento dele, é absolutamente necessário que ele o transmita aos detetives?

– Sim, é isso – disse Barker ansiosamente. – Ele age sozinho ou está totalmente com eles?

– Em verdade, não sei se existe justificativa para eu discutir tal questão.

– Eu imploro... imploro que discuta, dr. Watson! Garanto-lhe que estará nos ajudando... me ajudando grandemente, se nos guiar nessa questão.

Havia um tamanho eco de sinceridade na voz da mulher que, naquele instante, esqueci-me de tudo a respeito de sua leviandade, e fui comovido a lhe fazer a vontade.

– O sr. Holmes é um investigador independente – esclareci. – Ele é seu próprio mestre e age como seu próprio julgamento. Ao mesmo tempo, ele naturalmente sentiria lealdade para com os funcionários que estavam trabalhando no mesmo caso, e não esconderia nada que os ajudasse a levar um criminoso à justiça. Para além disso, não posso dizer mais nada, e gostaria de encaminhá-la para o próprio sr. Holmes, se desejar informações mais completas.

Assim dizendo, levantei meu chapéu e segui meu caminho, deixando-os ainda sentados atrás daquela sebe oculta. Olhei para trás enquanto contornava a extremidade oposta e vi que eles ainda confabulavam extremamente próximos, e, como olhavam na minha direção, ficou claro que nossa conversa era o assunto do debate.

– Não desejo nenhuma das confidências deles – rebateu Holmes, quando lhe relatei o que ocorrera. Ele havia passado a tarde inteira na mansão, em consultas com seus dois colegas, e voltou cerca de cinco horas da tarde, com um apetite voraz por um chá que eu pedira para ele. – Sem confidências, Watson; seria muito constrangedor se a investigação chegasse a um caso de prisão por conspiração e assassinato.

– Acha que vai chegar a isso?

Ele estava em seu humor mais alegre e afável.

– Meu caro Watson, quando eu tiver exterminado aquele quarto ovo, estarei pronto para colocar você em contato com toda a situação. Não digo que compreendemos por completo; longe disso, mas quando rastrearmos o haltere perdido...

– O haltere!

– Puxa vida, Watson, é possível que você não tenha chegado à conclusão de que o caso depende do haltere desaparecido? Ora, ora, não precisa ficar cabisbaixo; cá entre nós, não acho que nem o inspetor Mac nem o excelente profissional local tenham entendido a importância esmagadora desse incidente. Um haltere, Watson! Considere um atleta com um só haltere! Imagine o desenvolvimento unilateral, o perigo iminente de uma curvatura espinal. Chocante, Watson, chocante!

Meu amigo ficou ali sentado com a boca cheia de torradas e os olhos brilhando de malícia, observando minha confusão intelectual. A mera visão de seu excelente apetite era uma garantia de sucesso, pois eu tinha lembranças muito claras de dias e noites que ele não pensara em comida, com sua mente desnorteada e irritada diante de algum problema, enquanto suas feições finas e ávidas se atenuavam com o ascetismo de concentração mental completa. Por fim, acendeu o cachimbo e, sentado de um dos lados da lareira na antiga hospedaria do vilarejo, falou devagar e erraticamente sobre seu caso, mais como alguém que pensa em voz alta do que como alguém que faz uma declaração ponderada.

– Uma mentira, Watson; uma mentira grande, enorme, truculenta, intrusiva e inflexível: é isso que nos encontra no limiar! Eis o nosso ponto de partida. Toda a história contada por Barker é uma mentira, mas a história de Barker é corroborada pela sra. Douglas. Portanto, ela também está mentindo. Ambos estão mentindo e metidos em uma conspiração. Então agora nós temos o problema claro. Por que eles estão mentindo, e qual é a verdade que tanto tentam esconder? Vamos tentar, Watson, você e eu, se pudermos nos sobrepor à mentira e reconstruir a verdade.

"Como sei que estão mentindo? Porque é uma fabricação desajeitada que simplesmente não poderia ser verdade. Considere! De acordo com a história que nos foi dada, o assassino teve menos de um minuto, após cometer o assassinato, para tirar a aliança do dedo do morto, que estava sob o outro anel, e devolver este ao lugar, algo que ele certamente nunca fizera, e depois colocar aquele cartão singular ao lado da vítima. Eu digo que isso era obviamente impossível."

"Você pode argumentar (mas tenho muito respeito pelo seu julgamento, Watson, para pensar que você o faria) que a aliança pode ter sido tirada antes de que o homem fosse assassinado. O fato de a vela ter ficado acesa por pouco tempo mostra que não houve uma longa conversa. Douglas, pelo que ouvimos sobre seu caráter destemido, seria um homem que provavelmente abriria mão de sua aliança de casamento tão rápido, ou podemos imaginar que ele a removeria por qualquer motivo que fosse? Não, não, Watson, o assassino ficou sozinho com o morto por algum tempo com a lâmpada acesa. Disso não tenho dúvida alguma."

"Mas o tiro foi aparentemente a causa da morte. Portanto, o disparo deve ter sido feito algum tempo antes do que nos disseram. Porém, não poderia haver erro sobre tal assunto. Estamos na presença, pois, de uma conspiração explícita da parte das duas pessoas que ouviram o tiro: do homem Barker e da mulher Douglas. Mas veja, quando ainda por cima disso tudo, sou capaz de mostrar que a marca de sangue no peitoril da janela foi deliberadamente colocada lá por Barker, a fim de dar uma falsa pista para a polícia, você vai admitir que o caso se torna sombrio contra ele."

"Agora temos que nos perguntar em que hora o assassinato de fato ocorreu. Até as dez e meia, os criados se moviam pela casa; então certamente não foi antes disso. Às quinze para as onze, todos foram para seus aposentos, com exceção de Ames, que estava na despensa. Andei fazendo alguns experimentos depois que você nos deixou esta tarde, e descobri que nenhum barulho que MacDonald fizesse no escritório conseguia penetrar a despensa, onde eu estava, quando as portas permaneciam todas fechadas."

"É diferente, no entanto, nos aposentos da governanta. Não é tão distante pelo corredor, e de lá eu consegui ouvir vagamente vozes quando muito exaltadas. O som de uma espingarda fica, até certo ponto, abafado quando a descarga é feita muito próxima do alvo, como indubitavelmente ocorreu nesse caso. O estampido não seria muito alto; porém, no silêncio da noite, teria penetrado facilmente no quarto da sra. Allen. Ela é, como nos disse, um tanto surda; mas, apesar disso, mencionou em seu depoimento que ouviu algo como uma porta batendo meia hora antes de o alarme ter sido feito. Meia hora antes de o alarme ter sido feito, seriam quinze para as onze. Não tenho dúvidas de que o que ela ouviu foi o estampido da arma, e que esse foi o verdadeiro instante do assassinato."

"Se é assim, temos agora de determinar o que Barker e a sra. Douglas, presumindo que não sejam os verdadeiros assassinos, faziam das quinze para as onze, quando o som do tiro os fez descer, até as onze e quinze. quando tocaram o sino e chamaram os criados. O que eles estavam fazendo e por que não deram o alarme imediatamente? Essa é a questão que nos confronta e, quando houver sido respondida, certamente teremos resolvido o nosso problema."

– Já eu estou convencido – falei –, de que existe um entendimento entre essas duas pessoas. Ela deve ser uma criatura sem coração para rir de alguma piada no espaço de algumas horas após o assassinato do marido.

– Exatamente. Ela não se revela como esposa, mesmo em seu próprio relato do que ocorreu. Não sou um admirador devoto do sexo feminino, como você bem sabe, Watson, mas minha experiência de vida me ensinou que há poucas esposas, posto que tenham alguma consideração por seus maridos, que deixariam a palavra de qualquer homem se interpor entre elas e o cadáver do referido falecido. Se eu algum dia eu me casar, Watson, espero inspirar minha esposa com algum sentimento que a impeça de permitir que uma governanta a leve para longe quando meu cadáver estiver deitado a poucos metros dela. A encenação foi malfeita, pois até mesmo os investigadores mais implacáveis devem se impressionar com a ausência da costumeira ululação feminina. Se não houvesse mais nada, esse incidente por si só teria sugerido, na minha mente, uma conspiração predeterminada.

– Acha então, em caráter definitivo, que Barker e a sra. Douglas são culpados do assassinato?

– Há uma objetividade aterradora em suas perguntas, Watson – disse Holmes, sacudindo o cachimbo para mim. – Elas me atingem como projéteis. Se diz que a sra. Douglas e Barker sabem a verdade sobre o assassinato e estão conspirando para escondê-lo, então posso lhe dar uma resposta sincera. Tenho certeza de que o caso é esse. Porém, sua proposição mais letal não é tão clara. Vamos, por um momento, considerar as dificuldades que encontramos no caminho.

"Suponhamos que esse casal esteja unido pelos laços de um amor culpado e que tenham decidido livrar-se do homem que se interpunha entre eles. É uma suposição ampla; pois uma investigação discreta entre criados e outros não foi suficiente corroborar os fatos para um lado ou para o oposto. Pelo contrário, há uma grande quantidade de evidências de que os Douglas eram muito ligados um ao outro."

– Isso, tenho certeza, não pode ser verdade – questionei, pensando no belo rosto sorridente no jardim.

– Bem, pelo menos eles deram essa impressão. No entanto, vamos supor que sejam um casal extraordinariamente astuto, que enganava a todos nesse ponto e que conspirou para assassinar o marido. Ocorre de ele ser um homem sobre cuja cabeça paira algum perigo...

– Temos apenas a palavra deles quanto a isso.

Holmes pareceu pensativo.

– Entendo, Watson. Você está esboçando uma teoria pela qual tudo o que eles dizem desde o início é falso. De acordo com a sua ideia, nunca houve qualquer ameaça oculta, ou sociedade secreta, ou Vale do Medo, ou chefe MacFulano, ou qualquer outra coisa. Bem, essa é uma boa generalização abrangente. Vamos ver o que nos traz. Eles inventam essa teoria para explicar o crime. Eles então alimentam a ideia, deixando aquela bicicleta no parque como prova da existência de algum estranho. A mancha no peitoril da janela transmite a mesma ideia. O mesmo acontece com o cartão junto ao corpo, que poderia ter sido preparado na casa. Tudo isso se encaixa na sua hipótese, Watson. Contudo, agora chegamos aos trechos desagradáveis, angulosos e inflexíveis que não se encaixam em seus devidos lugares. Por que uma espingarda cerrada, dentre todas as armas, e americana, ainda por cima? Como eles poderiam ter tanta certeza de que o som dela não atrairia ninguém? É um mero acaso, pensando da forma como está, que a sra. Allen não tivesse começado a perguntar pela porta batendo. Por que seu casal culpado fez tudo isso, Watson?

– Confesso que não tenho como explicar.

– Por outro lado, se uma mulher e seu amante conspiram para matar um marido, eles vão anunciar sua culpa removendo ostensivamente a aliança depois da morte? Isso lhe parece muito provável, Watson?

– Não, não parece.

– E mais uma vez, se o pensamento de deixar uma bicicleta escondida do lado de fora tivesse ocorrido a você, realmente teria valido a pena fazê-lo quando o detetive mais obtuso naturalmente enxergaria a manobra, já que a bicicleta é a primeira coisa de que o fugitivo precisaria a fim de empreender sua fuga?

– Não sou capaz de conceber nenhuma explicação.

– E, no entanto, não deve haver nenhuma combinação de eventos para os quais a inteligência do homem não possa conceber uma explicação. Apenas como um exercício mental, sem qualquer afirmação de que seja verdade, permita-me indicar uma possível linha de pensamento. É, admito, mera imaginação; mas com que frequência a imaginação não é a mãe da verdade?

"Vamos supor que houvesse um segredo, um segredo realmente vergonhoso na vida desse homem Douglas. Isso leva ao assassinato dele por alguém que seja, vamos supor, um vingador, alguém de fora. Esse dito vingador, por algum motivo que confesso ainda não saber explicar, tirou a aliança do defunto. É concebível que a vingança possa datar do primeiro casamento do homem, e a aliança ter sido levada por algum motivo."

"Antes que esse vingador se afastasse, Barker e a esposa chegaram ao quarto. O assassino os convenceu de que qualquer tentativa de prendê-lo levaria à revelação de algum escândalo hediondo. Eles foram convertidos a essa ideia e preferiram deixá-lo partir. Para esse propósito, eles provavelmente abaixaram a ponte, o que pode ser feito sem muito barulho, e depois a levantaram novamente. O sujeito empreendeu sua fuga e, por algum motivo, achou que poderia fazê-lo com mais segurança a pé do que na bicicleta. Ele, portanto, deixou o meio de transporte onde não seria descoberto até que ele estivesse a salvo. Até agora estamos dentro dos limites da possibilidade, não estamos?"

– Bem, é possível, sem dúvida – avaliei, com alguma reserva.

– Temos de lembrar, Watson, que o que ocorreu é certamente algo muito extraordinário. Bem, agora, para continuar nosso caso especulativo, o casal, não necessariamente um casal culpado, percebe, depois que o assassino se foi, que eles se colocaram em uma posição na qual pode ser difícil provarem que eles mesmos não cometeram o crime ou foram coniventes com ele. Rapidamente e de forma um tanto desajeitada, eles encararam a situação. A marca foi colocada pela pantufa manchada de sangue de Barker no peitoril da janela para sugerir de que forma o fugitivo escapou. Eles obviamente foram os dois que devem ter ouvido o som da arma; então deram o alarme exatamente como teriam feito, mas uma boa meia hora depois do evento.

– E como você propõe provar tudo isso?

– Bem, se houvesse alguém de fora, a pessoa poderia ter sido rastreada e levada. Essa seria a mais eficaz de todas as provas. Porém, se não fosse... bem, os recursos da ciência estão longe de se esgotar. Acho que passar uma noite sozinho naquele escritório me ajudaria muito.

– Uma noite sozinho!

– Proponho ir até lá neste exato momento. Combinei com o estimado Ames, que de forma alguma é partidário de Barker. Vou ficar sentado naquela sala e ver se a atmosfera me traz inspiração. Acredito no *genius loci* [4]. Você sorri, amigo Watson.

---

4 Expressão latina que significa "espírito do lugar". (N. T.)

Bem, veremos. Diga-se de passagem, você tem aquele grande guarda-chuva seu, não tem?

– Está aqui.

– Bem, vou pedi-lo emprestado, se me permitir.

– Certamente, mas que arma miserável! Se houver perigo...

– Nada sério, meu caro Watson, ou eu decerto pedirei sua ajuda. Mas aceito o guarda-chuva. No momento, estou apenas esperando nossos colegas retornarem de Tunbridge Wells, onde estão atualmente empenhados em encontrar um provável dono da bicicleta.

Estava anoitecendo antes que o inspetor MacDonald e White Mason voltassem de sua expedição, e chegaram exultantes, relatando um grande avanço em nossa investigação.

– Homem, vou admitir que tive minhas dúvidas se alguma vez houve gente de fora – confessou MacDonald –, mas isso já passou. Nós identificamos a bicicleta e temos uma descrição do nosso homem; então esse é um longo passo em nossa jornada.

– Parece-me o começo do fim – reagiu Holmes. – Tenho certeza de os parabenizar com todo o meu coração.

– Bem, comecei pelo fato de que o sr. Douglas parecia perturbado desde o dia anterior, quando esteve em Tunbridge Wells. Foi em Tunbridge Wells que ele se tornou consciente de algum perigo. Ficou claro, portanto, que se um homem aparecesse com uma bicicleta, era de Tunbridge Wells que poderia ter vindo. Levamos a bicicleta conosco e a mostramos nos hotéis. Foi identificada imediatamente pelo gerente do Eagle Commercial como pertencente a um homem chamado Hargrave, que havia alugado um quarto lá dois dias antes. Essa bicicleta e uma pequena valise eram todos os seus pertences. Ele registrou seu nome como vindo de Londres, mas não deu nenhum endereço.

A valise era feita em Londres e o conteúdo era britânico; mas o próprio homem era indubitavelmente um americano.

– Ora, ora – disse Holmes alegremente –, os senhores de fato fizeram um trabalho sólido enquanto eu estava sentado fiando teorias com meu amigo! É uma lição sobre ser prático, sr. Mac.

– Sim, é só isso, sr. Holmes – falou o inspetor, com satisfação.

– Mas isso pode se encaixar nas suas teorias – observei.

– Pode ou não pode. Mas ouçamos o final, sr. Mac. Não havia nada para identificar esse homem?

– Tão pouco que era evidente que ele se resguardara cuidadosamente contra a identificação. Não havia papéis nem cartas, nem marcas nas roupas. Um mapa de ciclismo do condado estava em sua mesa de quarto. Ele saiu do hotel depois do café da manhã de ontem em sua bicicleta, e não mais se ouviu falar dele até as nossas perguntas.

– Isso é o que me intriga, sr. Holmes – confessou White Mason. – Se o sujeito não quisesse que o clamor público caísse sobre ele, seria de imaginar que fosse voltar e permanecer no hotel como um turista inofensivo. Da forma como é, ele deve saber que será denunciado à polícia pelo gerente do hotel e que seu desaparecimento estará relacionado ao assassinato.

– É o que seria de se imaginar. Ainda assim, ele foi justificado em sua sabedoria até o momento, pelo menos, já que ele não foi levado. Mas a descrição... qual seria?

MacDonald consultou sua caderneta.

– Aqui temos até onde foram capazes de nos informar. Não parecem ter tido um contato muito particular com ele; mas ainda assim o carregador de bagagens, o recepcionista e a camareira concordam que essas informações dão conta do mais importante. Era um homem de um metro e sessenta e cinco de altura, cinquenta e poucos anos de idade, cabelos levemente grisalhos, bigode acinzentado, nariz encurvado e um rosto que todos descreviam como feroz e ameaçador.

– Bem, exceto pela expressão, essa quase poderia ser uma descrição do próprio Douglas – explanou Holmes. – Ele tem pouco mais de cinquenta anos, cabelos e bigodes grisalhos e quase a mesma altura. Obtiveram mais alguma coisa?

– Ele estava vestido em um terno cinza pesado com um paletó de estilo náutico, e usava um sobretudo amarelo curto e uma boina de tecido macio.

– E a espingarda?

– Tem menos de sessenta centímetros de comprimento. Poderia muito bem ter se encaixado na valise. Ele poderia tê-la carregado dentro do sobretudo sem dificuldade.

– E como considera que tudo isso se aplica ao caso geral?

– Bem, sr. Holmes – iniciou MacDonald –, quando tivermos o nosso homem (e pode ter certeza de que transmiti a descrição dele pelo telégrafo em questão de cinco minutos depois de tê-la ouvido), seremos mais capazes de julgar. Contudo, do jeito que está, certamente percorremos um longo caminho. Sabemos que um americano que se chama Hargrave veio a Tunbridge Wells há dois dias com bicicleta e valise. Nesta, havia uma espingarda de cano curto; então ele veio com o propósito deliberado do crime. Ontem de manhã, ele partiu para cá em sua bicicleta, com a arma escondida no sobretudo. Ninguém o viu chegar, até onde podemos saber; mas ele não precisa passar pelo vilarejo para chegar aos portões do parque, e há muitos ciclistas na estrada. Seria de presumir que ele imediatamente escondeu a bicicleta entre os louros, onde ela foi encontrada, e possivelmente lá ficou escondido, de olho na casa, esperando que o sr.

Douglas saísse. A espingarda é uma arma estranha para se usar dentro de uma casa, mas ele pretendia utilizá-la do lado de fora, e lá encontraria vantagens óbvias, já que seria impossível errar com ela, e o som dos tiros é tão comum em regiões inglesas esportivas que não seria notado de nenhuma forma especial.

– Isso tudo é muito claro – reforçou Holmes.

– Bem, o sr. Douglas não apareceu. O que ele faria em seguida? Deixou a bicicleta e aproximou-se da casa no crepúsculo. Ele encontrou a ponte abaixada e ninguém por perto. Assim, aproveitou sua chance, pretendendo, sem dúvida, dar alguma desculpa se encontrasse alguém. Mas ele não encontrou. O sujeito entrou no primeiro cômodo que viu e se escondeu atrás da cortina. Dali ele pôde ver a ponte levadiça subir, e sabia que sua única saída era por meio do fosso. Esperou até as onze e quinze, quando o sr. Douglas, fazendo sua ronda noturna habitual, entrou na sala. Atirou contra ele e fugiu, conforme planejado. Ele sabia que a bicicleta seria descrita pelo pessoal do hotel e que seria uma pista contra ele; então a deixou lá e seguiu caminho por outros meios para Londres ou para algum esconderijo seguro que ele já houvesse arranjado. Que tal, sr. Holmes?

– Bem, sr. Mac, é muito bom e muito claro até onde vai. Esse é o seu final da história. Meu fim é que o crime foi cometido meia hora antes do relatado; que a sra. Douglas e Barker estão ambos em uma conspiração para esconder algo; que eles ajudaram a fuga do assassino, ou pelo menos chegaram à sala antes de ele fugir, e que fabricaram evidências da fuga pela janela, enquanto, com toda a probabilidade, eles mesmos o deixaram partir, abaixando a ponte. Essa é a minha leitura da primeira metade.

Os dois detetives balançaram a cabeça.

– Bem, sr. Holmes, se isso for verdade, apenas saímos de um mistério para encontrar outro – objetou o inspetor de Londres.

– E, em alguns aspectos, pior do que o anterior – acrescentou White Mason. – A dama nunca esteve na América em toda a vida dela. Que conexão ela poderia ter com um assassino americano a ponto de protegê-lo?

– Admito livremente as dificuldades – rebateu Holmes. – Proponho fazer uma pequena investigação por conta própria hoje à noite, e é possível que sirva para contribuir com a causa comum.

– Podemos ajudá-lo, sr. Holmes?

– Não, não! Escuridão e o guarda-chuva do dr. Watson: meus desejos são simples. E Ames, o fiel Ames, sem dúvida virá em meu auxílio. Todas as minhas linhas de pensamento me levam invariavelmente de volta à pergunta básica: por que um homem atlético deveria desenvolver o corpo com um instrumento tão antinatural como um haltere único?

Era tarde da noite quando Holmes retornou de sua excursão solitária. Dormimos em um quarto duplo, que era o melhor que a pequena pousada do campo podia fazer por nós. Eu já estava dormindo quando fui parcialmente desperto por sua entrada.

– Bem, Holmes – murmurei –, descobriu alguma coisa?

Ele ficou ao meu lado em silêncio, com a vela na mão. Então sua figura alta e magra inclinou-se para mim.

– Eu digo, Watson – sussurrou ele –, você teria medo de dormir no mesmo quarto de um lunático, um homem de miolo mole, um idiota cuja mente perdeu o controle da realidade?

– Nem um pouco – respondi com espanto.

– Ah, que sorte – retrucou, e nenhuma outra palavra ele pronunciaria naquela noite.

Capítulo 7

• A solução •

Na manhã seguinte, após o desjejum, encontramos o inspetor MacDonald e White Mason sentados em estreita consulta na pequena sala do sargento da polícia local. Sobre a mesa à frente deles estavam empilhadas uma série de cartas e telegramas, as quais eles estavam cuidadosamente classificando e guardando. Três foram colocadas de um lado.

– Ainda na pista do ciclista indescritível? – Holmes perguntou com animação. – Quais são as últimas notícias do rufião?

MacDonald apontou com tristeza para a pilha de correspondências.

– No momento, há relatos dele em Leicester, Nottingham, Southampton, Derby, East Ham, Richmond e catorze outros lugares. Em três deles, East Ham, Leicester e Liverpool, há denúncia clara contra ele e chegou a ser preso. O país parece estar cheio de fugitivos com casacos amarelos.

– Puxa vida! – disse Holmes, compadecendo-se deles. – Agora, sr. Mac e você, sr. White Mason, gostaria de lhes dar um conselho muito sincero. Quando entrei neste caso com vocês, negociei, como sem dúvida devem se lembrar, que eu não deveria apresentar-lhes teorias ainda em vias de ser comprovadas, mas que eu deveria me manter reservado e elaborar minhas próprias ideias até que eu tivesse me convencido de que elas estivessem corretas. Por essa razão, não estou neste momento dizendo-lhes tudo o que tenho em mente. Por outro lado, eu disse que jogaria o jogo de forma justa por vocês, e não acho que seja um jogo justo se eu lhes permitisse desperdiçar sua energia em uma tarefa infrutífera. Portanto, estou aqui para aconselhá-los esta manhã e meu conselho se resume a três palavras: abandonar o caso.

MacDonald e White Mason olharam com espanto para o célebre colega.

– Considera esse caso sem esperança! – gritou o inspetor.

– Considero o caso de vocês sem esperança. Não considero que seja impossível chegar à verdade.

– Mas esse ciclista. Ele não é uma invenção. Temos a descrição, a valise, a bicicleta. O sujeito deve estar em algum lugar. Por que não devemos pegá-lo?

– Sim, sim, sem dúvida ele está em algum lugar e, sem dúvida, vamos pegá-lo; mas eu não gostaria que desperdiçassem suas energias em East Ham ou Liverpool. Tenho certeza de que podemos encontrar um caminho mais curto para algum resultado.

– Está escondendo alguma coisa. Não é nada justo da sua parte, sr. Holmes. – O inspetor estava irritado.

– Conhece meus métodos de trabalho, sr. Mac, mas vou esconder pelo menor tempo possível. Eu só desejo verificar meus detalhes de certa forma, o que pode ser feito prontamente, e então farei minhas despedidas e retornarei a Londres, deixando meus resultados inteiramente a seu serviço. Devo-lhe muito para agir de alguma outra forma; pois em toda a minha experiência não consigo me lembrar de nenhum estudo mais singular e interessante.

– Isso é evidente diante dos meus olhos, sr. Holmes. Nós o vimos quando retornamos de Tunbridge Wells ontem à noite, e o senhor estava de acordo com nossos resultados. O que aconteceu desde então para lhe dar uma ideia completamente nova do caso?

– Bem, já que me pergunta, passei, como lhes disse que o faria, algumas horas na Manor House ontem à noite.

– Bem, o que aconteceu?

– Ah, no momento, só posso dar uma resposta muito geral para isso. Aliás, tenho lido um relato curto, mas claro e interessante, sobre o antigo edifício, comprado com a módica quantia de um centavo da tabacaria local.

Aqui Holmes tirou do bolso do colete um pequeno folheto, embelezado com uma gravura grosseira da antiga casa.

– Contribui imensamente para o entusiasmo de uma investigação, meu caro sr. Mac, estarmos em harmonia consciente com a atmosfera histórica do nosso entorno. Não pareça tão impaciente; garanto-lhe que um relato assim tão parco como esse é capaz de levantar na mente algum tipo de imagem do passado. Permita-me uma amostra. "Erguido no quinto ano do reinado de Jaime I, e sobre um edifício muito mais antigo, o Manor House Birlstone apresenta um dos melhores exemplos sobreviventes da residência jacobina cercada por fossos..."

– Está nos fazendo de tolos, sr. Holmes!

– Ora, ora, sr. Mac! O primeiro sinal de temperamento contrariado que detectei no senhor. Bem, não vou lê-lo literalmente, já que sua opinião é tão inflexível sobre o assunto.

Apesar disso, quando lhe digo que há algum relato da ocupação do lugar por um coronel parlamentar em 1644, da ocultação de Charles por vários dias no curso da Guerra Civil, e finalmente de uma visita lá pelo segundo George, vocês admitirão que existam várias associações de interesse relacionadas a esta antiga casa.

– Não duvido, sr. Holmes; mas isso não é da nossa conta.

– Não é? Não é? Visão ampla, meu caro sr. Mac, é um dos aspectos essenciais da nossa profissão. A interação de ideias e os usos oblíquos do conhecimento são frequentemente de extraordinário interesse. O senhor irá desculpar essas observações de alguém que, apesar de ser um simples conhecedor do crime, ainda é um pouco mais velho e talvez mais experiente do que o senhor.

– Eu sou o primeiro a admitir isso – disse o detetive com sinceridade. – Chegará ao seu ponto, eu admito; porém tem uma maldita maneira tortuosa de fazê-lo.

– Bem, bem, vou deixar a história do passado de lado e chegar aos fatos atuais. Fiz uma visita ontem à noite, como já disse, à mansão. Não vi Barker nem a sra. Douglas. Não vi necessidade de perturbá-los; mas fiquei contente ao saber que a dama não estivesse visivelmente sofrendo e que havia participado de um excelente jantar. Minha visita foi feita especialmente para o bom sr. Ames, com quem troquei algumas amabilidades, que culminaram em ele permitir que eu, sem referência a qualquer outra pessoa, ficasse sozinho por um tempo no escritório.

– O quê! Com o defunto? – exclamei.

– Não, não, tudo agora está em ordem. O senhor deu permissão para isso, sr. Mac, como fui informado. A sala estava em seu estado normal, e nela passei um instrutivo quarto de hora.

– O que estava fazendo?

– Bem, para não criar um mistério sobre algo tão simples, eu procurava o haltere que faltava. Nas minhas estimativas, esse objeto sempre foi de grande vulto. Acabei por encontrá-lo.

– Onde?

– Ah, eis que chegamos à beira do inexplorado. Deixe-me ir um pouco mais longe, um pouco mais além, e prometo que logo também saberão de tudo o que sei.

– Bem, somos obrigados a aceitar sua participação nos seus próprios termos – salientou o inspetor. – Por outro lado, quando se trata de nos dizer para abandonarmos o caso, por que, em nome dos céus, devemos abandonar o caso?

– Pela simples razão, meu caro sr. Mac, que vocês não têm a menor ideia do que estão investigando.

– Estamos investigando o assassinato do sr. John Douglas do Manor House Birlstone.

– Sim, sim, de fato estão. Porém, não se preocupem em encontrar o misterioso cavalheiro da bicicleta. Garanto-lhes que não vai ajudá-los.

– Então o que sugere que nós façamos?

– Vou dizer exatamente o que fazer, se vocês o fizerem.

– Bem, sou obrigado a dizer que sempre achei que o senhor tinha motivos por trás de todos os seus modos estranhos. Farei o que aconselhar.

– E quanto ao senhor, sr. White Mason?

O detetive do interior lançou um olhar impotente de um para o outro. Holmes e seus métodos eram novos para ele.

– Bem, se é bom o suficiente para o inspetor, é bom o suficiente para mim – afirmou, por fim.

– Ótimo! – animou-se Holmes. – Bem, então, eu deveria recomendar uma agradável e alegre caminhada pelo campo para os dois. Disseram-me que a vista de Birlstone Ridge sobre os bosques é excepcional. Sem dúvida, o almoço poderia ser feito em alguma hospedaria adequada; embora minha ignorância sobre o interior me impeça de recomendar alguma em especial. À noite, cansados, mas felizes...

– Homem, isso já ultrapassou os limites de uma piada! – gritou MacDonald, levantando-se irritado da cadeira.

– Ora, ora, passe o dia como quiser – ponderou Holmes, dando-lhe um tapinha no ombro alegremente. – Faça o que quiser e vá aonde quiser, mas me encontre aqui antes do anoitecer, sem falta... sem falta, sr. Mac.

– Isso soa mais parecido com a sanidade.

– Tudo o que disse foi um excelente conselho; porém, não insistirei, contanto que esteja aqui quando eu precisar do senhor. Mas, agora, antes de nos separarmos, quero que escreva um recado para o sr. Barker.

– Pois bem?

– Vou ditar se desejar. Pronto?

Prezado Senhor:

Parece-me que é nosso dever drenar o fosso, na esperança de que possamos encontrar algo...

– É impossível – interpôs o inspetor. – Já fiz questionamentos a respeito.

– Ora, ora! Meu caro senhor, por favor, faça o que lhe peço.

– Bem, prossiga.

na esperança de que possamos encontrar algo que possa afetar nossa investigação.

Já cuidei dos detalhes, e os operários estarão trabalhando cedo amanhã de manhã, desviando o riacho...

– Impossível!

...desviando o riacho; então achei melhor explicar as coisas de antemão.

– Agora assine e mande entregar em mãos por volta das quatro horas. Nessa mesma hora, nós nos encontraremos mais uma vez nesta sala. Até lá, cada um de nós pode fazer o que desejar; pois posso assegurar-lhes que este inquérito chegou a uma pausa definitiva.

A noite estava chegando quando nos reagrupamos. Holmes era muito sério em seus modos, eu estava curioso, e os detetives obviamente se mostravam críticos e irritados.

– Bem, senhores – disse meu amigo, gravemente –, peço-lhes agora que ponham tudo à prova comigo, e logo poderão julgar por si mesmos se as observações que fiz justificam as conclusões às quais cheguei. É uma noite fria e não sei quanto tempo nossa expedição pode durar; por isso peço que vistam seus casacos mais quentes. É de primeira importância que estejamos a postos antes de escurecer; então, com sua permissão, começaremos imediatamente.

Passamos pelos limites externos do parque da mansão até chegarmos a um lugar onde havia uma lacuna na grade que a cercava. Atravessamos por ela e, então, na escuridão cada vez maior, seguimos Holmes até nos aproximarmos de um arbusto quase oposto à porta principal e à ponte levadiça. Esta não tinha sido levantada. Holmes se agachou atrás da tela de louros, e nós três seguimos seu exemplo.

– Bem, o que vamos fazer agora? – perguntou MacDonald com certa grosseria.

– Imbuir nossa alma de paciência e fazer o mínimo de barulho possível – respondeu Holmes.

– Ora, mas por que motivo estamos aqui? Eu realmente acho que poderia nos tratar com mais franqueza.

Holmes deu risada.

– Watson insiste que eu sou um dramaturgo da vida real – gabou-se ele. – Algum toque de artista explode dentro de mim e exige insistentemente uma apresentação bem encenada. Decerto que nossa profissão, sr. Mac, seria monótona e sórdida se, às vezes, não montássemos a cena de modo a glorificar nossos resultados. A acusação contundente, o brutal tapinha no ombro: o que se pode fazer com tal *dénouement*? Mas a rápida inferência, a armadilha sutil, a previsão inteligente de eventos futuros, a vitória triunfante de teorias arrojadas... não são estes o orgulho e a justificação do trabalho de nossa vida? No momento presente, os senhores se emocionam com o *glamour* da situação e com a antecipação da caçada. Onde estaria essa emoção se eu tivesse sido tão definitivo quanto a um horário? Só peço um pouco de paciência, sr. Mac, e tudo ficará claro para o senhor.

– Bem, espero que o orgulho, a justificativa e o resto venham antes de todos nós morrermos de frio – refletiu o detetive londrino com uma resignação cômica.

Todos nós tínhamos bons motivos para nos unirmos à aspiração, pois nossa vigília foi longa e amarga. Lentamente, as sombras escureceram sobre a longa e soturna face da velha casa. Um fedor úmido e frio do fosso nos fazia arrepiar até os ossos e tiritar nossos dentes. Havia uma única lanterna sobre o portão e um globo de luz constante no escritório fatídico. Todo o resto estava imóvel e mergulhado no escuro.

– Quanto tempo isso vai durar? – perguntou finalmente o inspetor. – E o que é que estamos vigiando?

– Não tenho mais noção do que o senhor sobre quanto tempo isso vai durar – respondeu Holmes com certa aspereza. – Se os criminosos sempre agendassem seus movimentos como os trens ferroviários, decerto seria mais conveniente para todos nós. Quanto ao que estamos... Bem, é *isso* que estamos aguardando!

Enquanto ele falava, a luz amarela brilhante no escritório foi obscurecida por alguém passando de um lado para o outro. Os louros entre os quais nos deitávamos ficavam localizados imediatamente opostos à janela e não a mais de três metros dela. De repente, a janela se abriu com um rangido de dobradiças, e pudemos discernir vagamente o contorno escuro da cabeça e dos ombros de um homem olhando escuridão adentro. Por alguns minutos, ele olhou de maneira furtiva e dissimulada, como alguém que deseja ter a certeza de que não está sendo observado. Depois, inclinou-se para a frente e, no intenso silêncio, percebemos o suave lamber de águas agitadas. Ele parecia mexer no fosso com um objeto que ele segurava na mão. De repente, ele puxou algo, à semelhança de como um pescador fisga um peixe: um objeto grande e redondo que obscureceu a luz ao ser arrastado pelo parapeito e pela janela aberta.

– Agora! – exclamou Holmes. – Agora!

Estávamos todos em pé, cambaleando atrás dele com nossos braços e pernas enrijecidos, enquanto ele corria depressa pela ponte e tocava violentamente o sino da entrada. Ouviu-se o ruído de ferrolhos do outro lado, e o espantado Ames surgiu na entrada. Holmes empurrou-o para o lado sem dizer uma palavra e, seguido por todos nós, correu para a sala que onde estivera o homem que estávamos observando.

O lampião a óleo sobre a mesa representava o brilho que víramos de fora. Estava agora na mão de Cecil Barker, que o segurava em nossa direção quando entramos. A luz brilhava sobre seu rosto forte, resoluto, barbeado e seus olhos ameaçadores.

– Que diabo é o significado de tudo isso? – ele exclamou. – Estão aqui atrás de quê?

Holmes deu uma olhada rápida e depois se lançou sobre um embrulho encharcado e amarrado com um cordão que ficava embaixo da escrivaninha.

– É disso que estamos atrás, sr. Barker: deste pacote, pesado por causa de um haltere que o senhor acabou de retirar do fundo do fosso.

Barker olhou para Holmes com espanto no rosto.

– Pelos trovões, como ficou sabendo alguma coisa a esse respeito? – ele perguntou.

– Simplesmente que fui eu que o coloquei lá.

– O senhor o colocou lá! O senhor!

– Talvez eu devesse ter dito que o "devolvi lá" – retrucou Holmes. – O senhor se lembrará, inspetor MacDonald, de que fiquei impressionado com a ausência de um haltere. Chamei sua atenção para o fato; mas com a pressão de outros eventos, o senhor dificilmente teria tempo para destinar considerações a esse fato que pudessem lhe permitir extrair deduções. Quando a água está próxima e falta um haltere, não é uma suposição muito improvável a de que algo tenha sido jogado no fundo da água. Valeria a pena ao menos testar a ideia; então, com a ajuda de Ames, que me permitiu a entrada na sala, e com o cabo curvo do guarda-chuva do dr. Watson, ontem à noite pude ontem içar a trouxa e inspecioná-la.

"Era de primeira importância, no entanto, que tivéssemos como provar quem o colocara lá. Isso nós resolvemos com o óbvio artifício de anunciar que o fosso seria esvaziado amanhã, o que, é claro, provocaria o efeito de que quem quer que tivesse escondido o embrulho ali certamente o retiraria no momento em que a escuridão lhe permitisse fazê-lo. Não temos menos do que quatro testemunhas para comprovar quem foi que aproveitou a oportunidade e, portanto, sr. Barker, acho que a palavra está agora com o senhor. "

Sherlock Holmes colocou o embrulho ensopado sobre a mesa ao lado do lampião e soltou o cordão que o prendia. De dentro, extraiu um haltere, que ele jogou para seu companheiro no canto. Em seguida, retirou um par de botas.

– Americanas, como podem perceber – ele comentou, apontando para os bicos. Então colocou sobre a mesa uma faca longa, letal e embainhada. Por fim, desenrolou um pacote de roupas, composto por um conjunto completo de roupas de baixo, meias, um terno cinza de *tweed* e um sobretudo amarelo curto.

– As roupas são comuns – observou Holmes –, exceto apenas pelo sobretudo, que é cheio de toques sugestivos. – Ele segurou-o de modo delicado em direção à luz. – Aqui, como percebem, o bolso se alonga de tal forma no interior do forro que proporciona um espaço amplo para a arma cerrada. A etiqueta do alfaiate está na gola: "Neal, Alfaiate, Vermissa", EUA. – Passei uma tarde instrutiva na biblioteca do pároco e ampliei meus conhecimentos ao acrescentar o fato de que Vermissa é uma pequena cidade em crescimento em frente a um dos vales de carvão e de ferro mais conhecidos nos Estados Unidos. Tenho alguma lembrança, sr. Barker, de que o senhor associou os distritos do carvão à primeira esposa do sr. Douglas, e certamente não seria exagero pensar que o V.V. no cartão do cadáver poderia representar "Vale Vermissa", ou que esse mesmo vale, que despacha emissários de assassinato, pode ser o Vale do Medo do qual nós ouvimos falar. Até aqui tudo é razoavelmente claro. E agora, sr. Barker, parece que estou bem no caminho da sua explicação.

Era uma visão e tanto observar o rosto expressivo de Cecil Barker durante essa exposição do grande detetive. Raiva, espanto, consternação e indecisão passaram por ele. Finalmente o sujeito se refugiou em uma ironia um tanto acre.

– O senhor sabe de muitas coisas, sr. Holmes, talvez seja melhor nos contar um pouco mais – ele zombou.

– Não tenho dúvidas de que poderia falar muito mais, sr. Barker; no entanto seria muito mais elegante se fosse contado pelo senhor.

– Oh, o senhor acha, pois não? Bem, tudo o que posso dizer é que, se há algum segredo aqui, não é meu, e eu não sou o homem que o entregará.

– Bem, se tomar essa linha, sr. Barker – ameaçou o inspetor calmamente –, devemos apenas mantê-lo sob nossas vistas até que tenhamos o mandado e possamos prendê-lo.

– Pode fazer o que raios quiser a respeito disso – redarguiu Barker, em tom desafiador.

Os procedimentos pareciam ter chegado a um fim definitivo no que dizia respeito a ele, pois bastava olhar para aquele rosto de granito para se dar conta de que nenhuma *peine forte et dure*[5] seria o suficiente para forçá-lo a agir contra sua vontade. O impasse foi quebrado, no entanto, pela voz de uma mulher. A sra. Douglas estivera parada na porta entreaberta, ouvindo, e agora acabava de entrar na sala.

– Você fez o suficiente por ora, Cecil – disse ela. – O que quer que advenha disso no futuro, você já fez o suficiente.

– Suficiente e mais do que suficiente – observou Sherlock Holmes gravemente. – Tenho inteira compaixão pela senhora, e devo pedir-lhe que tenha confiança no bom senso de nossa jurisdição e que, voluntariamente, deposite toda a sua confiança na polícia. Pode ser que eu seja culpado de não ter seguido a dica que a senhora me transmitiu por meio do meu amigo dr. Watson; mas, naquele momento, eu tinha todos os motivos para acreditar que a senhora estava envolvida no crime de maneira direta. Agora estou certo de que isso não é verdade. Ao mesmo tempo, há muito que é inexplicável, e eu recomendo fortemente que peça ao sr. Douglas para nos contar a história dele.

A sra. Douglas soltou um grito de surpresa em resposta às palavras de Holmes. Os detetives e eu devemos ter ecoado o espanto quando tomamos consciência de um homem que parecia ter emergido da parede, e agora avançava da penumbra do canto do qual ele aparecera. A sra. Douglas virou-se e, num instante, seus braços estavam em volta dele. Barker havia agarrado a mão estendida.

– É melhor assim, Jack – repetiu a esposa. – Tenho certeza de que é o melhor.

– De fato, sim, sr. Douglas – disse Sherlock Holmes. – Tenho certeza de que o senhor achará melhor.

---

5 "Pena forte e dura", do francês, no original. (N.T.)

O homem ficou ali piscando para nós com a expressão aturdida de quem vem da escuridão para a luz. Era um rosto notável, olhos cinzentos marcantes, um bigode forte, curto e grisalho, um queixo quadrado e saliente e uma boca de riso. Ele deu uma boa olhada em todos nós, e, então, para meu espanto, avançou em minha direção e me entregou um maço de papéis.

– Eu ouvi falar do senhor – comentou ele, em um sotaque que não era muito inglês, mas que também não era americano o bastante, embora no geral fosse suave e agradável. – O senhor é o historiador deste grupo. Bem, dr. Watson, eu apostaria meu último dólar que uma história como essa nunca passou pelas suas mãos antes. Conte-a do seu jeito; mas há os fatos, e o senhor não perderá o público contanto que os tenha. Fiquei confinado por dois dias e passei as horas do dia, o máximo de luz diurna que consegui dentro daquela ratoeira, colocando a coisa toda em palavras. Receba-as de bom grado. O senhor e o seu público. Aí está a história do Vale do Medo.

– Esse é o passado, sr. Douglas – frisou Sherlock Holmes, em voz baixa. – O que desejamos agora é ouvir sua história do presente.

– O senhor a terá – assegurou Douglas. – Posso fumar enquanto falo? Bem, obrigado sr. Holmes. O senhor é um fumante, se bem me lembro, e vai compreender o que é ficar sentado por dois dias com tabaco no bolso e ter medo de que o cheiro o denuncie. – Ele se encostou na lareira e fumou o charuto que Holmes lhe entregara. – Ouvi falarem do senhor, sr. Holmes. Nunca imaginei que acabaria conhecendo-o. Mas antes que termine com isso – Douglas acenou para os meus papéis –, dirá que eu lhe trouxe algo de novo.

O inspetor MacDonald estava olhando para o recém-chegado com o maior assombro.

– Bem, posso dizer que estou perplexo! – MacDonald exclamou finalmente. – Se então o senhor é o sr. John Douglas do Manor Birlstone, cuja morte viemos investigando por esses dois dias, de que parte do mundo está surgindo agora? Parece-me que brotou do chão como um boneco que pula de uma caixa de surpresas.

– Ah, sr. Mac – disse Holmes, sacudindo o indicador em tom de reprovação –, o senhor não quis ler aquela excelente compilação local que descrevia a ocultação do rei Charles. As pessoas não se escondiam naqueles tempos sem excelentes esconderijos, e o esconderijo que já foi usado uma vez, pode ser usado novamente. Eu tinha me convencido de que deveríamos encontrar o sr. Douglas sob este teto.

– E quanto tempo faz que o senhor joga esse truque contra nós, sr. Holmes? – perguntou o inspetor, com raiva. – Há quanto tempo nos permitiu desperdiçar uma busca que o senhor sabia ser absurda?

– Nem um instante sequer, meu caro sr. Mac. Só formulei minhas opiniões sobre o caso na noite passada mesmo. Como elas não poderiam ser colocadas à prova até a noite de hoje, convidei o senhor e seu colega a tirarem o dia de folga. Ora, o que mais eu poderia fazer? Quando encontrei a muda de roupa no fosso, ficou imediatamente claro para mim que o corpo que havíamos encontrado não poderia ter sido o corpo do sr. John Douglas, mas o do ciclista de Tunbridge Wells. Nenhuma outra conclusão era possível. Portanto, eu tinha que determinar onde o sr. John Douglas poderia estar, e o equilíbrio de probabilidades era que, com a conivência da esposa e do amigo, ele estava escondido em uma casa que tinha tais conveniências para um fugitivo, aguardando tempos mais calmos em que ele poderia empreender sua fuga derradeira.

– Bem, o senhor chegou a conclusões razoavelmente certeiras – aprovou Douglas. – Pensei em me esquivar das leis britânicas, pois eu não sabia em que posição eu me encontrava em relação a elas, e também vi a minha chance de tirar esses cães de uma vez por todas do meu rastro. Vejam, do princípio ao fim, não fiz nada de que me envergonhasse, e nada que eu não faria de novo; mas os senhores julgarão por si mesmos quando eu contar a minha história. Não precisa me alertar, inspetor: estou pronto para encarar o caminho da verdade.

"Não vou começar pelo começo; isso está tudo lá" – ele indicou meu maço de papéis – "e o fio da meada que encontrará é bem peculiar. Tudo se resume a isto: alguns homens têm bons motivos para me odiar e dariam seu último dólar para saber que conseguiram me pegar. Enquanto eu estiver vivo e eles estiverem vivos, não há segurança neste mundo para mim. Eles me caçaram de Chicago à Califórnia, e depois me expulsaram da América; mas quando me casei e me estabeleci neste local tranquilo, achei que meus últimos anos seriam pacíficos."

"Nunca expliquei à minha esposa como as coisas estavam. Por que eu deveria arrastá-la para o centro disso? Ela nunca mais teria um momento de tranquilidade; em vez disso, sempre estaria imaginando problemas. Imagino que ela soubesse de alguma coisa, pois posso ter deixado escapar uma palavra aqui ou acolá; mas até ontem, quando os senhores lhe falaram, ela nunca conheceu os meandros do assunto. Ela contou tudo o que sabia, assim como Barker aqui; pois na noite em que isso aconteceu houve muito pouco tempo para explicações. Minha esposa sabe de tudo agora, e eu teria sido um homem mais sábio se tivesse contado antes. No entanto, era uma questão difícil, querida" – ele pegou a mão dela por um instante –, "e eu agi pensando no melhor".

"Bem, senhores, um dia antes desses acontecimentos eu estava em Tunbridge Wells e vislumbrei um homem na rua. Foi apenas um vislumbre, mas tenho um olho rápido para essas coisas, e nunca duvidei de quem era. Era o pior inimigo que tive dentre todos; um que me perseguiu como um lobo faminto atrás de um caribu por todos esses anos. Eu sabia que problemas estavam chegando. Voltei para casa e me preparei para ele. Achei que conseguiria enfrentar tudo sozinho, mas minha sorte era como um provérbio que existe nos Estados Unidos sobre a independência, em 1776. Nunca duvidei que essa sorte ainda estaria comigo."

"Fiquei de guarda no dia seguinte e, em nenhum momento, saí para o parque. Ainda bem, pois ele teria me acertado com aquela arma pesada que ele tinha antes que eu pudesse me aproximar. Depois que a ponte foi erguida (minha mente estava sempre mais tranquila quando a ponte subia à noite), tirei aquilo da minha cabeça. Nunca nem sonhei que ele entraria em casa e esperaria por mim. Porém, quando fiz minha ronda de roupão, como era meu hábito, mal entrei no escritório e farejei o perigo. Acho que quando um homem tem perigos em sua vida, e no meu tempo tive mais do que a maioria, há uma espécie de sexto sentido que agita a bandeira vermelha. Vi o sinal de forma bem clara, e mesmo assim não poderia lhes dizer por que motivo. No instante seguinte, avistei uma bota por baixo da cortina da janela e então entendi com clareza."

"Eu só tinha a vela que estava na minha mão; mas havia uma boa luminosidade que entrava pela porta, projetada pela lâmpada do corredor. Larguei a vela e saltei para um martelo que deixara no lintel da lareira. No mesmo instante, ele pulou em mim. Eu vi o brilho de uma faca, e eu investi contra ele usando o martelo. Acertei-o em algum lugar; porque a faca tilintou no chão. O homem se esquivou dando a volta na mesa tão rápido quanto uma enguia, e logo em seguida ele pegou a arma que trazia debaixo do casaco. Eu o ouvi engatilhar; mas tinha conseguido segurar a arma antes que ele pudesse disparar. Peguei-a pelo cano, e nós lutamos com afinco pelo o que pareceu ser um minuto ou mais. Era a morte para o homem que vacilasse."

"Ele nunca soltou a arma; porém fez a arma empinar o cano por um instante longo demais. Talvez tenha sido eu quem puxou o gatilho. Talvez tenhamos o acionado ao mesmo tempo. Enfim, ele estava com os dois canos apontados no rosto, e ali estava eu, encarando tudo o que restava de Ted Baldwin. Reconheci-o na cidade, e novamente quando ele me atacou, mas nem a própria mãe o reconheceria da forma como eu o vi naquele instante. Estou acostumado a poucas e boas; contudo aquela visão me embrulhou o estômago."

"Eu estava ao lado da mesa quando Barker veio correndo. Ouvi minha esposa chegando, corri para a porta e a detive. Não era cena para os olhos de uma mulher. Prometi que não demoraria a procurá-la. Troquei uma palavra ou duas com Barker, que tinha apreendido tudo com um mero olhar, esperamos que os demais também viessem. Porém, não houve sinal deles. Naquele momento, entendemos que os criados não podiam ouvir nada e que tudo o que acontecera ali era conhecido apenas por nós mesmos."

"Foi nesse instante que a ideia surgiu para mim. Fiquei bastante deslumbrado pelo brilhantismo. A manga do homem havia deslizado para cima e lá estava a marca gravada em seu antebraço. Vejam aqui!"

O homem que conhecíamos como Douglas levantou o próprio casaco e punho da camisa para mostrar um triângulo marrom dentro de um círculo exatamente igual ao que víramos no homem morto.

– Foi a visão daquilo que provocou a iniciativa que tomei. Parecia que com um só olhar eu era capaz de enxergar tudo com clareza. Havia sua altura, cabelos e porte físico, que eram parecidos com os meus. Ninguém podia reconhecer seu rosto, pobre demônio! Peguei sua muda de roupas e, em questão de quinze minutos, Barker e eu tínhamos vestido meu roupão no sujeito e ele ficou deitado da forma como os senhores o encontraram. Amarramos todos os pertences dele em uma trouxa, e eu o uni ao único peso que eu tinha à minha disposição, e lancei o embrulho pela janela. O cartão que ele pretendia colocar no meu corpo estava ao lado do seu.

"Meus anéis foram colocados em seu dedo; mas quando chegou a vez da aliança de casamento" – ele estendeu a mão musculosa –, "podem ver por si mesmos que eu chegara ao meu limite. Eu não a tirei do dedo desde o dia em que me casei, e precisaria de uma faca para removê-la. Não sei, de qualquer forma, se teria coragem de me separar dela; apesar disso, nem que eu quisesse, não conseguiria. Então tivemos que deixar que esse detalhe se resolvesse sozinho. Por outro lado, eu trouxe um curativo e coloquei no mesmo lugar onde eu estou usando um neste exato instante. O senhor cometeu um deslize aí, sr. Holmes, mesmo inteligente como é, pois, se tivesse tido a oportunidade de removê-lo, não teria encontrado corte algum por baixo dele."

"Enfim, essa era a situação. Se eu puder viver discretamente por um período e depois partir para algum lugar onde possa ser acompanhado pela minha 'viúva', poderemos ter uma chance de pelo menos vivermos em paz pelo resto das nossas vidas. Esses demônios não me dariam trégua enquanto eu caminhasse pela terra dos vivos; no entanto, se eles vissem nos jornais que Baldwin tinha conseguido pegar o homem que ele buscava, encontraríamos um fim para todos os problemas. Eu não tinha muito tempo para esclarecer tudo com Barker e com a minha esposa, mas eles entenderam o suficiente para poderem me ajudar. Eu conhecia tudo sobre esse esconderijo, assim como Ames, porém, nunca cruzou a mente dele conectar uma coisa com a outra. Eu me retirei para esse local e deixei a cargo de Barker fazer todo o resto."

"Creio que os senhores são capazes de completar as lacunas restantes com o que ele fez. Ele abriu a janela e fez a marca no parapeito para dar uma ideia de como o assassino fugira. Foi uma tarefa difícil de realizar, essa; porém, quando a ponte estava erguida, não havia outra forma. Então, quando tudo foi arranjado, ele tocou o sino como se sua vida dependesse disso. O que aconteceu depois disso, vocês sabem. E então, cavalheiros, podem fazer o que desejarem, mas contei-lhes a verdade e a verdade completa, então valha-me Deus! O que pergunto agora é como a lei inglesa me enquadrará?"

Houve um silêncio que foi quebrado por Sherlock Holmes.

– A lei inglesa é, em geral, uma lei justa. O senhor não ficará pior do que aquilo que merece, sr. Douglas. Mas eu lhe perguntaria como esse homem sabia que o senhor morava aqui ou de que forma entrar na sua casa, ou onde se esconder para pegá-lo?

– Disso eu nada sei.

O rosto de Holmes estava muito pálido e sério.

– A história ainda não acabou, receio – ponderou Holmes. – O senhor pode encontrar perigos piores do que a lei inglesa, ou até mesmo seus inimigos da América. Vejo problemas à sua frente, sr. Douglas. Aceite meu conselho e permaneça de guarda.

E agora, meus leitores sofridos, vou lhes pedir que me acompanhem por um momento para muito longe do Manor Birlstone de Sussex, e para longe também do ano de graça em que fizemos a jornada memorável que terminou com a estranha história do homem que fora conhecido como John Douglas. Desejo que retornem uns vinte anos no tempo e, rumo ao oeste, ao longo de alguns milhares de quilômetros, para que eu possa colocar diante de vocês uma narrativa singular e terrível; tão singular e tão terrível que poderão julgar difícil acreditar, durante minha narrativa, que isso de fato ocorreu.

Não pensem que vou interromper uma história em prol de outra, antes de finalizar o primeiro relato. Conforme prosseguirem na leitura, descobrirão que não se trata disso. E quando eu tiver detalhado aqueles distantes eventos e vocês tiverem resolvido este mistério do passado, voltarei a encontrá-los novamente naqueles aposentos de Baker Street, onde este, como tantos outros acontecimentos maravilhosos, encontrará seu fim.

Parte dois

Os Scowrers

Capítulo 1

• O HOMEM •

Era o quarto dia do mês de fevereiro do ano 1875. Tinha sido um inverno severo, e a neve formara depósitos profundos nos desfiladeiros das Montanhas Gilmerton. No entanto, os limpa-neves a vapor tinham mantido a ferrovia aberta, e o trem noturno que ligava a longa linha de plantas de mineração de carvão e de processamento de ferro ia sacolejando devagar pelos aclives íngremes que levavam de Stagville, na planície, a Vermissa, o município central localizado na cabeceira do Vale Vermissa. Desse ponto em diante, a pista dá uma guinada para baixo a caminho de Bartons Crossing, Helmdale e do condado puramente agrícola de Merton. Era uma ferrovia de trilhos únicos; mas a cada ramal – e havia numerosos ramais – filas longas de vagões carregados de carvão e minério de ferro contavam a história da riqueza escondida que atraíra uma população rústica e uma vida pujante àquele canto muitíssimo desolado dos Estados Unidos da América.

Pois desolado ele era! O primeiro pioneiro que o atravessara mal podia imaginar que as mais belas pradarias e as pastagens encharcadas mais exuberantes não tinham valor se comparadas àquela terra sombria de penhascos negros e florestas emaranhadas. Acima dos bosques escuros e raramente penetráveis em seus flancos, as coroas altas e nuas das montanhas, a neve branca e os rochedos irregulares se elevavam em cada flanco, deixando um longo, sinuoso e tortuoso vale no centro. E para cima o pequeno trem ia se arrastando lentamente.

As lamparinas a óleo acabavam de ser acesas no principal vagão de passageiros, um vagão longo e desnudo no qual umas vinte ou trinta pessoas iam sentadas. O maior número dentre esses eram trabalhadores voltando de seu dia de labuta nas partes mais fundas do vale. Pelo menos uma dúzia, a julgar pelos rostos sujos de fuligem e pelas lanternas de segurança que carregavam, os proclamava como mineiros. Esses estavam sentados fumando em um grupo e conversando com vozes baixas, olhando de relance ocasionalmente para dois homens do lado oposto do vagão, cujos uniformes e distintivos os anunciavam como policiais.

Várias mulheres da classe trabalhadora e uma ou duas viajantes que podiam ser donas de pequenas lojas compunham o resto do grupo, com a exceção de um jovem sozinho em um canto. É esse homem que nos interessa. Dê uma boa olhada nele, pois vale a pena.

Ele é um homem de feições jovens e porte mediano, não muito distante, seria de se supor, de completar trinta anos. Tem olhos grandes, perspicazes e bem-humorados de cor cinzenta, que reluzem de tempos em tempos enquanto ele olha através dos óculos para as pessoas ao seu redor. É fácil ver que ele é de um tipo sociável e possivelmente simplório, ansioso para ser amigável com todos os homens. Qualquer um poderia considerá-lo gregário em seus hábitos e comunicativo em sua natureza, com um raciocínio rápido e um sorriso pronto. Ainda assim, o homem que o estudasse mais de perto poderia discernir uma certa firmeza na mandíbula e um franzir severo nos lábios que o alertariam de que haveria profundezas além, e que esse agradável jovem irlandês de cabelos castanhos concebivelmente poderia deixar sua marca para o bem ou para o mal sobre qualquer sociedade à qual ele fosse apresentado.

Tendo feito uma ou duas observações vacilantes para o mineiro mais próximo, e recebendo apenas resmungos curtos e ríspidos como respostas, o viajante se resignou ao silêncio hostil, olhando de mau humor pela janela e vendo a paisagem sumir pouco a pouco.

Não era uma perspectiva muito animadora. Através da escuridão cada vez maior, pulsava o brilho vermelho das fornalhas nas encostas das montanhas. Pilhas grandiosas de escória e depósitos de cinzas assomavam-se de cada lado, com os dutos de ventilação das minas de carvão se elevando acima delas. Grupos amontoados de casas pobres de madeira, as janelas das quais estavam começando a se delinear na luz, eram espalhados aqui e acolá ao longo da ferrovia, e os pontos frequentes de parada eram povoados de seus habitantes de pele trigueira.

Os vales de ferro e de carvão do distrito de Vermissa não eram redutos para os ociosos ou para os cultos. Em toda parte, havia sinais severos da batalha mais cruel da vida, do trabalho árduo a ser feito e dos trabalhadores fortes e rudes que o faziam.

O jovem viajante olhou para essa terra sombria com uma expressão que misturava repulsa e interesse, o que mostrava que o cenário era algo novo para ele. Em dados intervalos, tirava do bolso uma carta volumosa que ele consultava, e nas margens da qual fazia algumas anotações. Uma vez, da parte de trás da cintura ele tirou algo que dificilmente alguém esperaria encontrar em posse de um homem de modos gentis. Era um revólver da Marinha do maior tipo. Quando ele o inclinou para a luz, o brilho dos aros dos projéteis de cobre dentro do tambor mostrou que estava totalmente carregado. Ele rapidamente o devolveu ao bolso secreto, mas não antes de ter sido notado por um trabalhador que estava sentado no banco adjacente.

– Alô, companheiro! – cumprimentou ele. – Você parece pronto para o que der e vier.

O jovem sorriu com um ar de constrangimento.

– Sim – concordou ele. – Às vezes precisamos delas lá de onde eu venho.

– E de onde seria?

– Por último, estive em Chicago.

– Um estranho por essas terras?

– Sim.

– Você pode descobrir que vai precisar dela aqui – supôs o trabalhador.

– Ah! É verdade? – O jovem pareceu interessado.

– Não ouviu nada do que acontece por essas bandas?

– Nada fora do comum.

– Ora, eu achei que o país era cheio disso. Não vai demorar para você ouvir falarem a respeito. O que o fez vir para cá?

– Ouvi que sempre existe trabalho para os homens dispostos.

– Você faz parte do sindicato?

– Claro.

– Então vai encontrar seu emprego, eu acho. Você tem amigos?

– Ainda não; mas tenho os meios de fazer amizades.

– E como seria, então?

– Sou da Ordem Eminente dos Homens Livres. Não há cidade que não tenha uma loja, e onde houver a loja, encontrarei meus amigos.

A observação provocou um efeito singular no companheiro. Ele olhou em volta de forma suspeita para os outros naquele vagão. Os mineiros ainda estavam sussurrando entre eles. Os dois policiais cochilavam. Ele cruzou o corredor, sentou-se perto do jovem viajante e estendeu a mão.

– Toque aqui – pediu ele.

Os dois trocaram um aperto de mãos.

– Vejo que você fala a verdade – observou o trabalhador. – Mas não custa eu me certificar. Ele ergueu a mão direita até a sobrancelha direita. O viajante na mesma hora ergueu a mão esquerda para a sobrancelha esquerda.

– Noites escuras são desagradáveis – disse o trabalhador.

– Sim, para forasteiros viajarem. – O outro respondeu.

– Já é o suficiente. Sou o Irmão Scanlan, Loja 341, Vale Vermissa. Contente em vê-lo por essas bandas.

– Obrigado. Sou o irmão John McMurdo, Loja 29, Chicago. Mestre J. H. Scott. Mas tenho sorte em conhecer um irmão tão cedo.

– Bem, há muitos de nós por aqui. Você não encontrará ordem mais crescente em nenhum lugar nos Estados Unidos além do Vale Vermissa, mas alguns jovens como você viriam a calhar. Não consigo entender que um homem vivaz do sindicato não encontre trabalho em Chicago.

– Encontrei trabalho suficiente para fazer – informou McMurdo.

– Então por que partiu de lá?

McMurdo assentiu em direção ao policial e sorriu.

– Creio que aqueles camaradas ficariam contentes em saber – sugeriu ele.

Scanlan grunhiu de forma compreensiva.

– Encrenca? – perguntou ele, sussurrando.

– Até o pescoço.

– Assunto de penitenciária?

– E tudo o mais.

– Não um assassinato!

– É cedo para falar dessas coisas – avaliou McMurdo, com ares de um homem que, em um momento de surpresa, falara mais do que pretendia. – Tenho minhas boas razões para sair de Chicago, e vamos deixar que isso baste para você. Quem você é para achar que pode perguntar essas coisas? – Seus olhos cinzentos reluziram com uma raiva repentina e perigosa por trás dos óculos.

– Está bem, companheiro, não queria ofender. Os rapazes não pensarão menos de você, seja lá o que você tenha feito. Para onde está indo agora?

– Vermissa.

– É a terceira parada na linha. Onde vai ficar?

McMurdo tirou um envelope e o segurou próximo do turvo lampião a óleo.

– Aqui está o endereço: Jacob Shafter, Sheridan Street. É uma pensão que foi recomendada por um homem que eu conheci em Chicago.

– Bem, eu não a conheço, mas Vermissa está fora dos meus limites. Vivo em Hobson's Patch, e de onde estamos nos aproximando agora. Mas, digamos, tenho um conselho para lhe dar antes de partirmos: se tiver problemas em Vermissa, vá diretamente para o sindicato e procure o chefe McGinty. Ele é o mestre da loja de Vermissa, e nada pode acontecer naquelas bandas a menos que Black Jack McGinty queira. Até mais, companheiro! Talvez nos encontremos na loja qualquer noite dessas. Mas lembre-se das minhas palavras: se estiver com problemas, procure o chefe McGinty.

Scanlan desembarcou, e McMurdo foi deixado mais uma vez sozinho com seus pensamentos. Agora a noite caíra, e as chamas das fornalhas rugiam e oscilavam na escuridão. Contra seu lúgubre cenário de fundo, silhuetas escuras curvavam-se e se esticavam, torciam e giravam, com o movimento de guinchos e guindastes, ou com o ritmo do clangor e rugido eternos.

– Penso que o inferno deve ter alguma semelhança com isso – comentou uma voz.

McMurdo se virou e percebeu que um dos policiais tinha girado no lugar e então fitava o descampado de fogo.

– Diga-se de passagem – adicionou o outro policial –, eu concordo que o inferno deve ter alguma semelhança com isso. Se há demônios piores por aí do que os que temos capacidade de nomear, é mais do que eu esperaria. E creio que é novo nesta região, meu jovem?

– Bem, e se eu for? – McMurdo respondeu em tom ríspido.

– Apenas isso, senhor, que eu devo lhe aconselhar a ter cuidado na escolha dos seus amigos. Não acho que começaria com Mike Scanlan se eu fosse o senhor.

– Que diabos, o que lhe importa quem são meus amigos? – vociferou McMurdo com uma voz que fez todas as cabeças no vagão girarem para testemunhar a altercação. – Por acaso pedi seu conselho, ou o senhor acha que sou um tamanho cretino a ponto de não me mover sem ele? Fale quando falarem com o senhor, e pelos céus, terá que esperar muito se depender de mim! – Ele projetou o rosto e arreganhou os dentes para o policial como se fosse um cão rosnando.

Os dois policiais, homens fortes e de temperamento tranquilo, foram pegos de surpresa por tamanha veemência com que seus avanços amigáveis foram rejeitados.

– Sem ofensa, forasteiro – disse um deles. – Foi um alerta para seu próprio bem, vendo que o senhor é, pelo próprio fato de estar aqui, novo neste lugar.

– Sou novo neste lugar; mas não sou novo ao senhor ou ao seu tipo! – exclamou McMurdo com uma fúria gelada. – Creio que são iguais em todos os lugares, intrometendo seus conselhos quando ninguém está pedindo por eles.

– Talvez não demore muito para o vermos novamente – enfatizou um dos patrulheiros com um sorriso hostil. – O senhor é um daqueles casos escolhidos a dedo, se quer saber minha opinião.

– Eu estava pensando a mesma coisa – salientou o outro. – Acho que nos encontraremos de novo.

– Não tenho medo de vocês, nem pensem nisso! – exclamou McMurdo. – Meu nome é Jack McMurdo. Viram só? Se me quiserem, poderão me encontrar na pensão de Jacob Shafter, em Sheridan Street, Vermissa; então não estou me escondendo de vocês, estou? Quer seja dia ou noite, eu me atrevo a olhar gente como vocês no olho. Não duvidem disso!

Houve um murmúrio de simpatia e admiração por parte dos mineiros em relação à postura destemida do recém-chegado, enquanto que os dois policiais deram de ombros e retomaram a conversa entre eles.

Alguns minutos depois, o trem entrou na estação mal iluminada, e houve um desembarque generalizado; pois Vermissa era, de longe, a maior cidade na linha. McMurdo pegou sua maleta de couro e estava prestes a sair para a escuridão, quando um dos mineiros o abordou.

– Por Deus, companheiro! Você sabe como falar com os policiais – ele disse em tom de espanto. – Foi incrível ouvi-lo. Deixe-me carregar sua maleta e lhe mostrar a estrada. Vou passar pela Shafter no caminho para a minha casa.

Houve um coro de amigáveis "boa-noite" dos outros mineiros, conforme saíam da plataforma. Antes mesmo de pôr os pés na cidade, McMurdo, o turbulento, já havia se tornado um personagem de Vermissa.

O país tinha sido um local de terror; mas a cidade, à sua maneira, era ainda mais deprimente. Ao longo de um vale comprido havia pelo menos uma certa grandiosidade melancólica nas enormes fornalhas e nas nuvens de fumaça que sopravam no ar, enquanto que a força e a diligência do homem encontravam monumentos adequados nos montes que ele houvera derramado ao lado de suas monstruosas escavações. Porém, a cidade mostrava um nível mórbido de feiura e de miséria. A rua larga havia sido revirada pelo tráfego e transformada em uma pasta esburacada horrível de neve lamacenta. As calçadas eram estreitas e irregulares. As numerosas lâmpadas a gás serviam apenas para mostrar mais claramente a longa fileira de casas de madeira, cada uma com sua varanda de frente para a rua, malcuidada e suja.

Conforme se aproximavam do centro da cidade, o cenário era iluminado por uma fileira de lojas bem iluminadas, e ainda mais por um conjunto de tavernas e casas de jogatina, nas quais os mineiros gastavam seus salários suados, porém generosos.

– Aquele é o Sindicato – disse o guia, apontando para um salão que se erguia quase à dignidade de ser um hotel. – Jack McGinty é o chefe lá.

– Que tipo de homem ele é? – McMurdo perguntou.

– O quê? Nunca ouviu falar do chefe?

– Como eu poderia ter ouvido a respeito dele quando vocês sabem que sou um estranho nessas partes?

– Bem, achei que o nome dele era muito conhecido por toda essa terra. Já passou pelos jornais com bastante frequência.

– Por que motivo?

– Bem... – O mineiro baixou a voz. – Por causa dos assuntos.

– Que assuntos?

– Deus do céu, homem! Você é esquisito, se me permite dizer sem ofensa. Só existe um conjunto de assuntos do qual você ouvirá falar nessas bandas, e são os assuntos dos Scowrers.

– Ora, mas parece que ouvi falar dos Scowrers em Chicago. Um bando de assassinos, não são?

– Fale baixo, se não quiser perder a vida! – exclamou o mineiro, imóvel e alarmado, olhando com espanto para seu companheiro. – Homem, não vai viver muito nessas bandas se falar desse jeito no meio da rua. Muitos homens já perderam a vida por menos.

– Bem, não sei nada a respeito deles. Apenas o que eu li.

– E não estou dizendo que você não leu a verdade. – O homem olhava com nervosismo ao redor dele ao falar, perscrutando as sombras como se temesse ver algum perigo à espreita. – Se matar é assassinato, então Deus sabe que existe assassinato e muito. Porém, não se atreva a respirar o nome de Jack McGinty em conexão com isso, estranho, pois todo sussurro volta para ele, e ele não é do tipo que provavelmente deixará passar. Pois bem, essa é a casa que você está procurando, essa recuada em relação à rua. Você encontrará o velho Jacob Shafter, que a administra, dos homens mais honestos que habitam nesta cidade.

– Agradeço-lhe – falou McMurdo, e apertando a mão de seu novo conhecido, ele foi caminhando com passos arrastados, maleta de couro na mão, subindo o caminho que levava à pensão, na porta da qual ele deu uma batida retumbante.

Foi aberta no mesmo instante por alguém muito diferente do que ele esperava. Era uma mulher, jovem e de uma beleza singular. Era de tipo germânico, loira e de cabelos claros, com o contraste pungente de um par de belos olhos escuros com os quais ela examinou o estranho com surpresa e um constrangimento agradável que trouxe uma onda de cor sobre seu rosto pálido. Emoldurado pela luz brilhante da porta aberta, pareceu a McMurdo que ele nunca vira uma imagem mais bonita; ainda mais atraente pelo seu contraste com o ambiente sórdido e sombrio. Uma bela violeta crescendo sobre um daqueles montes de escória negra das minas não teria sido mais surpreendente. Tão extasiado estava ele que ficou olhando sem dizer uma palavra, e foi ela quem quebrou o silêncio.

– Pensei que era meu pai – confessou ela com um pequeno toque agradável de um sotaque alemão. – O senhor veio para vê-lo? Ele está no centro da cidade, deve chegar a qualquer minuto.

McMurdo continuou a olhá-la com admiração desvelada até que seus olhos baixaram, confusos, diante daquela visitante magistral.

– Não, senhorita – disse ele, por fim. – Não tenho pressa em vê-lo. Mas me recomendaram sua casa como pensão. Achei que poderia me servir; e agora sei que servirá.

– O senhor é rápido para tomar decisões – comentou ela com um sorriso.

– Qualquer um que não seja cego poderia fazer o mesmo – respondeu o outro.

Ela riu do elogio.

– Entre, senhor – ela pediu. – Sou a Srta. Ettie Shafter, filha do sr. Shafter. Minha mãe é falecida e eu cuido da casa. Pode se sentar junto ao fogão na sala da frente até meu pai aparecer... Ah, aqui está! Então pode resolver as coisas com ele imediatamente.

Um homem forte, de idade, veio se arrastando pelo caminho. Em poucas palavras, McMurdo explicou seu assunto. Um homem de nome Murphy lhe dera o endereço em Chicago. Ele, por sua vez, o recebera de outra pessoa. O velho Shafter estava disposto. O estranho foi franco quanto aos termos, concordou imediatamente com todas as condições e, ao que parecia, estava com fartura de dinheiro. Por sete dólares por semana pagos adiantados, ele teria pensão e hospedagem.

Foi assim que McMurdo, o autoconfesso fugitivo da justiça, adquiriu morada sob o teto dos Shafter, o primeiro passo que levou a uma longa e obscura série de eventos, terminando em uma terra distante.

Capítulo 2

• O MESTRE •

McMurdo era um homem que deixava sua marca rapidamente. Onde quer que ele estivesse, logo a população local estava sabendo. Em uma semana, ele se tornou infinitamente a pessoa mais importante na pensão de Shafter. Havia dez ou doze hóspedes ali; mas eles eram capatazes honestos ou balconistas das lojas, um calibre muito diferente do jovem irlandês. À noite, quando se reuniam, sua piada era mais rápida, sua conversa, a mais inteligente, e sua música, a melhor. Ele era um companheiro nato, com um magnetismo que atraía bom humor de todos os lados.

Mesmo assim, ele mostrava de novo e de novo, como mostrara naquele vagão de trem, uma capacidade de raiva súbita e feroz, que demandava o respeito e até mesmo o medo daqueles que o conheciam. Para as autoridades também, e todos os que estavam ligados a ela, ele exibia um amargo desprezo que deliciava alguns e alarmava outros de seus colegas de pensão.

Desde o início, ele tornou evidente, por sua aberta admiração, que a filha do dono da casa havia conquistado seu coração no momento em que ele pusera os olhos em sua beleza e em sua graça.

Ele não era um pretendente demorado. No segundo dia, disse-lhe que a amava e, desde então, repetiu a mesma história com total desconsideração pelo que ela poderia dizer para desencorajá-lo.

– Alguém mais? – ele exclamava. – Bem, azar de quem seja esse outro! Ele que se cuide! Devo perder a chance da minha vida e todo o desejo do meu coração para outra pessoa? Você pode continuar dizendo "não", Ettie: chegará o dia em que você dirá "sim" e eu sou jovem o suficiente para esperar.

McMurdo era um pretendente perigoso, com sua loquaz língua irlandesa e seus modos bonitos e persuasivos. Também havia nele aquele *glamour* da experiência, o mistério que atrai o interesse de uma mulher e, por fim, o seu amor. Podia falar dos doces vales do condado de Monaghan de onde ele vinha, da adorável e distante ilha, cujas colinas baixas e prados verdes pareciam mais bonitos quando a imaginação os observava a partir daquele lugar de fuligem e neve.

Naquela época, ele era versado na vida das cidades do norte do país, de Detroit e dos campos de madeira de Michigan e, finalmente, de Chicago, onde trabalhara em uma usina de aplainamento. E depois veio a sugestão de romance, a sensação de que coisas estranhas haviam acontecido com ele naquela grande cidade, tão estranhas e tão íntimas que não podiam ser mencionadas. Ele falava melancolicamente de uma partida repentina, de um rompimento de antigos laços, um voo para um mundo estranho, de terminar naquele vale sombrio, e Ettie ouvia, os olhos escuros brilhando de pena e de compaixão: essas duas qualidades que podem se transformar tão rápida e tão naturalmente em amor.

McMurdo havia conseguido um emprego temporário como contador, pois era um homem bem estudado. Isso o mantinha fora a maior parte do dia, e ele ainda não encontrara ocasião de se reportar ao líder da Loja da Ordem Eminente dos Homens Livres. Ele foi recordado de sua omissão, no entanto, por uma visita de Mike Scanlan, o companheiro que ele havia conhecido no trem. Scanlan, o homem pequeno, de rosto anguloso, nervoso e de olhos negros, parecia feliz em revê-lo. Depois de um copo ou dois de uísque, ele abordou o objeto de sua visita.

– Digamos, McMurdo – começou ele –, que me lembrei do seu endereço, então me atrevi a fazer uma visita. Estou surpreso que ainda não tenha se reportado ao mestre. Por que ainda não foi ver o chefe McGinty?

– Bem, tive que encontrar um emprego. Ando ocupado.

– Deve encontrar tempo para ele mesmo que não tenha tempo para mais nada. Bom Deus, homem! Você é um tolo por não ter ido ao sindicato e registrado seu nome na primeira manhã após ter chegado aqui! Se você se opuser a ele... bem, você não deve, isso é tudo!

McMurdo mostrou leve surpresa.

– Sou membro da loja há mais de dois anos, Scanlan, mas nunca ouvi que os deveres fossem tão prementes assim.

– Talvez não em Chicago.

– Bem, a sociedade é a mesma aqui.

– Será?

Scanlan o avaliou longa e fixamente. Havia algo sinistro em seus olhos.

– Não é?

– Você me dirá daqui a um mês. Ouvi dizer que você teve uma conversa com os patrulheiros depois que saí do trem.

– Como soube disso?

– Oh, a história chegou até mim... Neste distrito, as coisas se propagam para o bem ou para o mal.

– Bem, sim. Eu disse aos cães o que eu pensava deles.

– Pelos céus, você agradará muito a McGinty!

– Ora, ele também odeia a polícia?

Scanlan começou a rir.

– Você vai vê-lo, meu rapaz – disse ele enquanto se despedia. – Não é a polícia, e sim você que ele odiará se você não for! Agora, siga o conselho de um amigo e vá imediatamente!

Calhou que, na mesma noite, McMurdo teve outra conversa mais urgente que o incitou na mesma direção. Pode ter sido que suas atenções para Ettie tivessem sido mais evidentes do que antes, ou que gradualmente se houveram intrometido na mente lenta de sua boa anfitriã alemã; mas, qualquer que fosse a causa, o proprietário da pensão chamou o jovem em sua sala particular e começou o assunto sem qualquer rodeio.

– Parece-me, rapaz – iniciou ele –, que o senhor está ficando com uma ideia muito fixa em relação à minha Ettie. É isso, ou estou errado?

– Sim, é isso mesmo – respondeu o jovem.

– Bem, quero lhe dizer agora mesmo que não vai ter como. Alguém já apareceu antes do senhor.

– Ela me disse.

– Bem, saiba que ela falou a verdade. Mas ela por acaso disse quem era?

– Não, eu perguntei, no entanto ela não quis me falar.

– Ouso dizer que não, aquela peça! Talvez ela não tenha desejado assustá-lo.

– Assustar! – McMurdo se incendiou em questão de instantes.

– Ah, sim, meu amigo! Não precisa se envergonhar de ter medo dele. É Teddy Baldwin.

– E quem diabos é ele?

– Ele é um chefe de Scowrers.

– Scowrers! Já ouvi falar deles antes. É Scowrers aqui e Scowrers acolá, e sempre dito aos sussurros! Do que vocês têm medo? Quem são os Scowrers?

Instintivamente, o dono da pensão baixou a voz, da mesma forma como todo mundo fazia quando falava sobre aquela sociedade terrível.

– Os Scowrers – esclareceu ele –, são a Ordem Eminente dos Homens Livres!

O jovem ficou olhando.

– Ora, mas eu também sou um membro dessa ordem.

– O senhor! Eu nunca teria recebido o senhor em casa se soubesse disso... nem que fosse me pagar cem dólares por semana.

– O que há de errado com a ordem? Ela prega a caridade e o companheirismo. É o que dizem as regras.

– Talvez em alguns lugares. Não aqui!

– O que a ordem é aqui?

– É uma sociedade de assassinato, é isso o que ela é.

McMurdo riu, incrédulo.

– Como o senhor pode provar? – ele perguntou.

– Provar! Não há cinquenta assassinatos que servem de prova? E quanto a Milman e Van Shorst, a família Nicholson e o velho sr. Hyam e o pequeno Billy James e os outros? Provar! Há homem ou mulher neste vale que não saibam?

– Veja aqui! – disse McMurdo com sinceridade. – Quero que retire o que disse, ou assuma as consequências. Deve fazer uma ou outra coisa antes que eu saia desta sala. Coloque-se no meu lugar. Aqui estou eu, um forasteiro na cidade. Pertenço a uma sociedade que conheço apenas como inocente. O senhor a encontrará de norte a sul dos Estados Unidos, mas sempre como uma sociedade inocente. Agora, quando estou pensando em me juntar a ela aqui, o senhor me diz que é a mesma sociedade assassina chamada de Scowrers. Acho que me deve um pedido de desculpas ou uma explicação, sr. Shafter.

– Posso apenas lhe dizer que o mundo inteiro sabe, rapaz. Os chefes de uma são os chefes da outra. Se ofender um deles, é o outro que irá lhe atacar. Nós temos provas disso com muita frequência.

– Isso é apenas fofoca. Eu quero uma prova! – exigiu McMurdo.

– Se viver aqui por tempo suficiente, receberá sua prova. Contudo esqueço que o senhor é um deles. Logo será tão mau quanto o resto. Deve encontrar outros alojamentos, senhor. Não posso tê-lo aqui. Já não é ruim o suficiente que uma dessas pessoas venha cortejar minha Ettie e que eu não ouse recusá-lo, mas que eu deva ter um outro como meu pensionista? Sim, de fato, o senhor não dormirá aqui depois dessa noite!

McMurdo se viu sob sentença de banimento tanto de seus aposentos confortáveis quanto da moça que ele amava. Encontrou-a sozinha na sala de estar naquela mesma noite, e derramou seus problemas no ouvido dela.

– Claro, seu pai deseja me ver fora daqui – confessou ele. – Eu pouco me importaria se fosse apenas o meu quarto, mas, na verdade, Ettie, embora eu a conheça apenas há uma semana, para mim você é o fôlego da vida, e eu não posso viver sem você!

– Ah, pare, sr. McMurdo, não fale assim! – rebateu a moça. – Eu falei, não falei, que o senhor chegou tarde demais? Há outro, e se eu não prometi me casar com ele imediatamente, pelo menos não posso me comprometer com mais ninguém.

– Suponha que eu tivesse sido o primeiro, Ettie, eu teria tido uma chance?

A moça afundou o rosto nas mãos.

– Eu pediria aos céus que o senhor fosse o primeiro! – ela soluçou.

McMurdo ajoelhou-se diante dela no mesmo instante.

– Pelo amor de Deus, Ettie, permita que assim seja! – ele exclamou. – Você arruinará sua vida e a minha por causa dessa promessa? Siga seu coração, *acushla*! É um guia mais seguro do que qualquer promessa antes mesmo de que você soubesse o que estava dizendo.

Ele havia apanhado a mão branca de Ettie entre as suas, bronzeadas e fortes.

– Diga que será minha e vamos enfrentar tudo isso juntos!

– Não aqui?

– Sim, aqui.

– Não, não, Jack! – Os braços dele agora envolviam a moça. – Não poderia ser aqui. Você não pode me levar embora?

Uma sombra de conflito passou momentaneamente pelo semblante de McMurdo, mas acabou se assentando como granito.

– Não, aqui – afirmou ele. – Vou protegê-la contra o mundo, Ettie, bem aqui onde estamos!

– Por que não devemos partir juntos?

– Não, Ettie, eu não posso sair daqui.

– Mas por que não?

– Eu nunca mais levantaria minha cabeça se sentisse que fora expulso. Além disso, o que há para temer? Não somos pessoas livres em um país livre? Se você me ama e eu amo você, quem ousará se intrometer?

– Você não sabe, Jack. Está aqui há pouco tempo. Você não conhece esse Baldwin. Você não conhece McGinty e os Scowrers.

– Não, eu não os conheço e não os temo, e não acredito neles! – retrucou McMurdo. – Já vivi em meio a homens perigosos, minha querida, e, em vez de temê-los, sempre acabou acontecendo que eles temessem a mim... sempre, Ettie. É uma loucura em face disso! Se esses homens, como seu pai diz, cometeram crime após crime no vale, e se todos os conhecem pelo nome, como é que ninguém foi levado à justiça? Responda-me, Ettie!

– Porque nenhuma testemunha se atreve a se pronunciar contra eles. Tal pessoa não viveria um mês se o fizesse. Também porque eles sempre têm seus próprios homens para jurar que o acusado estava longe da cena do crime. Mas, com certeza, Jack, você já deve ter lido tudo isso. Pelo que entendi, todos os jornais dos Estados Unidos estavam escrevendo a respeito disso.

– Bem, eu li alguma coisa, é verdade; no entanto, pensei que fosse uma história. Talvez esses homens tenham alguma razão no que fazem. Talvez sejam injustiçados e não tenham outra forma de ajudar a própria causa.

– Oh, Jack, não me deixe ouvi-lo falar assim! É assim que ele fala... o outro!

– Baldwin, ele fala assim, então?

– E é por isso que eu o abomino tanto. Jack, agora eu posso lhe dizer a verdade. Eu o abomino com todo o meu coração; contudo também o temo. Eu o temo por mim mesma; mas, acima de tudo, eu o temo por causa de papai. Sei que uma grande dor cairia sobre nós se eu ousasse dizer o que realmente sentia. É por isso que estou protelando com meias promessas. Em grande verdade, era a nossa única esperança. Mas se você fugisse comigo, Jack, poderíamos levar papai conosco e vivermos para sempre longe do poder desses homens perversos.

Mais uma vez houve aquela sombra de conflito no semblante de McMurdo e novamente ela se assentou como granito.

– Nenhum mal acontecerá a você, Ettie, e também não acontecerá a seu pai. Quanto a homens maus, espero que possa considerar que sou tão mau quanto o pior deles antes de chegarmos ao fim disso.

– Não, não, Jack! Eu confiaria em você em qualquer lugar.

McMurdo riu amargamente.

– Bom Deus! Como sabe pouco de mim! Sua alma inocente, minha querida, não poderia nem mesmo imaginar o que está se passando na minha. Mas, ei, quem é o visitante?

A porta se abriu de repente, e um jovem entrou pavoneando-se com ares de quem é o mestre. Ele era um jovem bonito e elegante, mais ou menos da mesma idade e de estatura como a do próprio McMurdo. Sob o chapéu de feltro preto de abas largas, que ele não se incomodou em remover, havia um rosto bonito com olhos ferozes e dominadores e um nariz adunco como o bico de um falcão, olhou com selvageria para o par que estava sentado junto ao fogão.

Ettie se levantou com um salto, confusa e inquieta.

– Estou feliz em vê-lo, sr. Baldwin – disse ela. – Chegou mais cedo do que eu esperava. Venha e sente-se.

Baldwin ficou parado com as mãos nos quadris olhando para McMurdo.

– Quem é este? – questionou rispidamente.

– É um amigo meu, sr. Baldwin, um novo pensionista aqui. Sr. McMurdo, apresento-lhe o sr. Baldwin.

Os jovens fizeram um aceno com a cabeça um para o outro.

– Talvez a srta. Ettie tenha lhe contado qual é a situação entre nós? – perguntou Baldwin.

– Não entendi que houvesse alguma relação entre vocês.

– Não entendeu? Bem, então entenda agora. Fique sabendo por mim que essa moça é minha e que você descobrirá que a noite está ótima para uma caminhada.

– Obrigado, não estou no espírito para uma caminhada.

– Não está? – Os olhos selvagens do homem ardiam de raiva. – Talvez esteja no espírito de uma briga, sr. Pensionista!

– Isso eu estou! – exclamou McMurdo, ao se levantar. – Não poderia ter dito uma palavra mais bem-vinda.

– Pelo amor de Deus, Jack! Oh, pelo amor de Deus! – gritou a pobre e distraída Ettie. – Oh, Jack, Jack, ele vai machucar você!

– Oh, já é Jack, então? – perguntou Baldwin, praguejando em seguida. – Já chegaram a esses termos?

– Oh, Ted, seja razoável... seja gentil! Por mim, Ted, se alguma vez você me amou, seja generoso e clemente!

– Eu penso, Ettie, que se nos deixasse em paz, poderíamos resolver isso – rebateu McMurdo em voz baixa. – Ou talvez, sr. Baldwin, prefira dar uma volta pela rua comigo. É uma noite agradável e há um espaço aberto além do próximo quarteirão.

– Vou ficar quites com você sem precisar sujar minhas mãos – externou o inimigo. – Vai desejar nunca ter posto os pés nesta casa antes de eu terminar com você!

– Não há tempo como o presente! – exclamou McMurdo.

– Escolherei meu próprio tempo, senhor. Pode deixar o tempo para mim. Veja só! – De repente, Baldwin arregaçou a manga e mostrou no seu antebraço um sinal peculiar que parecia ter sido marcado ali a fogo. Era um círculo com um triângulo dentro dele. – Sabe o que isso significa?

– Eu não sei e nem me importo!

– Bem, você saberá, isso eu lhe prometo. E também não vai demorar muito. Talvez a srta. Ettie possa lhe dizer alguma coisa sobre isso. Quanto a você, Ettie, você voltará para mim de joelhos. Está ouvindo, garota? De joelhos, e então eu lhe direi qual será o seu castigo. Você semeou e, por Deus, vou cuidar para que colha! – Ele olhou para os dois em estado de fúria. Depois se virou e, no instante seguinte, a porta externa bateu atrás dele.

Por alguns instantes, McMurdo e a moça ficaram em silêncio. Então ela jogou os braços ao redor dele.

– Oh, Jack, como você foi corajoso! Mas não adianta, você precisa fugir! Esta noite... Jack... esta noite! É sua única esperança. Ele tomará sua vida. Eu li naqueles olhos terríveis. Que chance você tem contra uma dúzia deles, com o chefe McGinty e todo o poder da loja por trás deles?

McMurdo soltou as mãos dela, beijou-a e, gentilmente, empurrou-a de costas para se sentar em uma cadeira.

Calma, *acushla*, calma! Não se abale e não tema por mim. Eu também sou um Homem Livre. Acabo de contar esse fato para o seu pai. Talvez eu não seja melhor do que os outros, então não faça de mim um santo. Talvez você também me odeie, agora que fiz essa revelação?

– Odeie você, Jack? Enquanto a vida durar, eu nunca poderia fazer isso! Ouvi que não há mal em ser um Homem Livre em nenhum lugar, apenas aqui; então por que eu deveria pensar menos de você por isso? Mas se você é um Homem Livre, Jack, por que você não vai fazer amizade com o chefe McGinty? Oh, depressa, Jack, depressa! Dê a sua palavra antes, ou os cães estarão no seu rastro.

– Eu estava pensando a mesma coisa – revelou McMurdo. – Vou lá agora mesmo para resolver isso. Pode dizer ao seu pai que vou dormir aqui esta noite e encontrar outro alojamento pela manhã.

O bar do *saloon* de McGinty estava lotado, como de costume, pois era o lugar favorito de todos os elementos mais durões da cidade. O homem era popular, pois tinha uma disposição jovial e grosseira que formava uma máscara, cobrindo uma grande quantidade que estava por trás dela. Contudo, além dessa popularidade, o medo que toda a municipalidade tinha em relação a ele e, em verdade, ao longo de cinquenta quilômetros vale adentro, e além das montanhas de cada lado, já era suficiente para encher seu bar, pois ninguém podia se dar ao luxo de negligenciar sua boa vontade.

Além daqueles poderes secretos que universalmente se acreditava que ele exercesse de maneira impiedosa, McGinty era um alto funcionário público, um conselheiro municipal e um comissário de estradas, eleito para o cargo pelos votos dos rufiões que, por sua vez, esperavam receber favores das mãos dele. Taxas e tributos eram enormes; as obras públicas eram notoriamente negligenciadas, auditores subornados faziam vistas grossas para as contas, e o cidadão de bem era forçado a pagar chantagem pública na base do terror, e a segurar a língua sob pena de que algo pior lhe acontecesse.

Foi assim que, ano após ano, os alfinetes de diamante do chefe McGinty se tornaram mais indiscretos, suas correntes de ouro mais pesadas sobre um colete mais exuberante e seu *saloon* se estendia mais e mais, até ameaçar absorver um lado inteiro da Market Square.

McMurdo abriu a porta vaivém do *saloon* e caminhou em meio à multidão de homens que havia ali dentro, por entre uma atmosfera embaçada pela fumaça do tabaco e pesada pelo cheiro das bebidas alcoólicas. O lugar estava brilhantemente iluminado, e os enormes espelhos dourados refletiam e multiplicavam a iluminação vistosa. Havia vários *barman* em camisa de mangas, trabalhando duro na mistura de bebidas para os vadios que guarneciam o amplo balcão com acabamento de latão.

No outro extremo, com o corpo apoiado no bar e um charuto preso em um ângulo agudo do canto da boca, havia um homem alto, forte e corpulento que não podia ser outro senão o famoso McGinty. Era um gigante de mãos negras, barbado até as maçãs do rosto e com um tufo de cabelos negros que caíam até o colarinho. Sua pele era tão morena quanto a de um italiano, e seus olhos eram de um estranho preto sem brilho, o que, combinado com um leve estrabismo, dava-lhes uma aparência particularmente sinistra.

Tudo o mais no homem – suas nobres proporções, seus traços finos e seu porte franco – encaixava-se nos modos joviais, abertos, que ele assumia. Ali, alguém diria, estava um homem franco e honesto, cujo coração seria impecável, por mais rude que suas palavras sinceras parecessem. Era só quando aqueles olhos mortos e escuros, profundos e sem remorso se voltaram contra um homem é que ele se encolhia dentro de si mesmo, sentindo que estava frente a frente com uma possibilidade infinita de mal latente, com uma força, uma coragem e uma astúcia por trás dele que tornava mil vezes mais letal.

Depois de dar uma boa olhada em seu homem, McMurdo foi abrindo caminho às cotoveladas na direção dele, com a audácia descuidada de sempre, e empurrou-se por entre o pequeno grupo de aduladores que bajulavam o poderoso chefe, rindo estrondosamente com a menor de suas piadas. Os ousados olhos cinzentos do jovem forasteiro encararam sem medo, através dos óculos, os olhos negros e letais que se voltaram nitidamente para ele.

– Bem, meu jovem, não consigo localizar seu rosto na mente.

– Sou novo aqui, sr. McGinty.

– Você não é tão novo que não possa dar a um cavalheiro seu título adequado.

– Ele é o conselheiro McGinty, jovem – corrigiu uma voz no meio do grupo.

– Lamento, conselheiro. Sou estranho aos costumes do lugar, mas fui aconselhado a vir vê-lo.

– Bem, você está me vendo. E é só isso. O que pensa de mim?

– Bem, são os primeiros dias. Se seu coração é tão grande quanto seu corpo, e sua alma é tão distinta quanto o seu rosto, então não pedirei nada melhor – acrescentou McMurdo.

– Por Deus! Você tem uma língua irlandesa na sua boca, de qualquer maneira – exclamou o dono do *saloon*, não muito certo se devia dar trela ao visitante audacioso ou se apoiar em sua dignidade.

– Então você é bom o suficiente para ir além da minha aparência?

– Claro – replicou McMurdo.

– E lhe disseram para me ver?

– Sim, disseram.

– E quem disse?

– Irmão Scanlan da Loja 341, Vermissa. Faço um brinde pela sua saúde, conselheiro, e para que possamos nos conhecer melhor. – Ele ergueu aos lábios um copo no qual fora servido e elevou o dedo mindinho enquanto bebia.

McGinty, que o estava observando com atenção, ergueu as grossas sobrancelhas negras.

– Ah, então é assim? – disse ele. – Vou ter que cuidar disso um pouco mais de perto, senhor...

– McMurdo.

– Um pouco mais de perto, sr. McMurdo; porque nós confiamos nos outros levianamente nessas bandas, como não acreditamos em tudo o que nos dizem. Venha aqui por um momento, atrás do bar.

Havia uma pequena sala ali, repleta de barris. McGinty fechou com cuidado a porta e sentou-se em um deles, mordendo pensativo o charuto e examinando o companheiro com aqueles olhos inquietantes. Por alguns minutos, ele ficou sentado em completo silêncio. McMurdo suportou a inspeção risonho, uma das mãos no bolso do casaco, a outra torcendo o bigode marrom. De repente, McGinty se curvou e mostrou um revólver de aparência perversa.

– Olhe aqui, seu piadista – sentenciou ele –, se eu achasse que você estava brincando conosco, seria um trabalho curto para você.

– São boas-vindas estranhas – McMurdo respondeu com certa dignidade –, para o mestre de uma loja de Homens Livres oferecer a um irmão desconhecido.

– Sim, mas é exatamente isso que você tem que provar – disse McGinty –, e que Deus o ajude se você não conseguir! Onde você foi iniciado?

– Loja 29, Chicago.

– Quando?

– Em 24 de junho de 1872.

– Qual mestre?

– James H. Scott.

– Quem é seu governante distrital?

– Bartholomew Wilson.

– Hum! Você parece estar indo bem nos seus testes. O que está fazendo aqui?

– Trabalhando, o mesmo que o senhor, mas fazendo um trabalho mais pobre.

– Sua resposta é bem rápida.

– Sim, eu sempre fui rápido no discurso.

– Você é rápido na ação?

– Esse era meu nome entre os que me conheciam melhor.

– Bem, podemos testar você antes do que imagina. Já ouviu alguma coisa sobre a loja nessas bandas?

– Ouvi que é preciso ser homem para ser um irmão.

– É verdade no seu caso, sr. McMurdo. Por que saiu de Chicago?

– Até parece que vou lhe contar!

McGinty abriu os olhos. Não estava acostumado a receber respostas.

– Por que não quer me contar?

– Porque nenhum irmão pode contar mentira ao outro.

– Então a verdade é muito ruim para contar?

– Pode colocar dessa maneira, se quiser.

– Olhe aqui, rapaz, você não pode esperar que eu, como mestre, aceite na loja um homem que não pode responder por seu passado.

McMurdo pareceu intrigado. Em seguida, tirou um jornal gasto de um bolso interno.

– O senhor não denunciaria um companheiro? – inquiriu ele.

– Vou enfiar a mão na sua cara se disser essas palavras para mim! – gritou McGinty acaloradamente.

– Está certo, conselheiro – aquiesceu McMurdo, com humildade. – Eu deveria me desculpar. Falei sem pensar. Bem, eu sei que estou seguro em suas mãos. Olhe esse recorte.

McGinty olhou para o relato da morte por arma de fogo de um tal de Jonas Pinto, no Lake Saloon, Market Street, Chicago, na semana do Ano-Novo de 1874.

– Trabalho seu? – ele perguntou, quando devolveu o papel.

McMurdo assentiu.

– Por que atirou nele?

– Eu estava ajudando o Tio Sam a fazer dólares. Talvez os meus não fossem tão dourados quanto os dele, mas pareciam muito bons e eram mais fáceis de fazer. Esse homem, Pinto, me ajudou a passar a grana...

– A fazer o quê?

– Bem, isso significa colocar os dólares em circulação. Então ele disse que iria dividir. Talvez ele tenha dividido. Eu não esperei para ver. Apenas o matei e parti para a terra do carvão.

– Por que a terra do carvão?

– Porque li nos jornais que não eram muito exigentes nessas partes.

McGinty riu.

– Você foi primeiro falsificador e depois um assassino, e veio para essas bandas porque pensou que seria bem-vindo.

– É mais ou menos isso – respondeu McMurdo.

– Bem, acho que você vai longe. Diga, ainda consegue fabricar esses dólares?

McMurdo tirou meia dúzia do bolso.

– Esses nunca passaram pela casa da moeda da Filadélfia – revelou ele.

– Não diga! – McGinty os segurou na luz em sua mão enorme, que era peluda como a de um gorila. – Não vejo diferença. Deus! Você será um irmão muito útil, é o que estou pensando! Podemos encontrar uso para um ou dois homens malvados entre nós, amigo McMurdo: pois há momentos em que temos de fazer a nossa parte. Logo estaríamos contra a parede se não nos defendêssemos contra os que nos empurram.

– Bem, creio que vou fazer a minha parte de empurrar com o resto dos rapazes.

– Você parece corajoso. Nem titubeou quando apontei essa arma para você.

– Não era eu que estava em perigo.

– Então quem?

– Era o senhor, conselheiro. – McMurdo sacou uma pistola engatilhada do bolso lateral do casaco. – Estava sob a minha mira o tempo todo. Acho que meu disparo teria sido tão rápido quanto o seu.

– Por Deus! – McGinty corou de raiva e então irrompeu em gargalhadas. – Digamos, não temos um encrenqueiro pleno em nossas mãos há muitos anos. Creio que a loja vai aprender a se orgulhar de você... Bem, o que diabos você quer? E não posso falar sozinho com um cavalheiro por cinco minutos, que você já vem se intrometer entre nós?

O *barman* ficou envergonhado.

– Sinto muito, conselheiro, mas é Ted Baldwin. Ele diz que precisa vê-lo neste exato minuto.

A mensagem era desnecessária; pois o rosto impassível e cruel do próprio homem olhava por cima do ombro do empregado. Ele empurrou o *barman* para fora e fechou a porta na cara dele.

– Então – Baldwin disse com um olhar furioso para McMurdo – você chegou aqui primeiro, não é? Tenho uma palavra a lhe dizer, conselheiro, sobre esse homem.

– Então diga aqui e agora na minha cara! – incitou McMurdo.

– Vou falar quando eu quiser e do jeito que eu quiser!

– Ora! Ora! – zombou McGinty, levantando-se do seu barril. – Isso nunca acontecerá. Temos um novo irmão aqui, Baldwin, e não devemos cumprimentá-lo dessa maneira. Estenda a mão, homem, e se retrate!

– Nunca! – vociferou Baldwin em fúria.

– Eu me ofereci para enfrentá-lo em uma briga se ele acha que eu o ofendi – esclareceu McMurdo. – Vou lutar com os punhos, ou, se isso não o satisfazer, posso lutar da forma como ele escolher. Agora, deixarei a cargo do senhor, conselheiro, fazer o julgamento entre nós como um mestre da Ordem deveria fazer.

– Então o que foi?

– Uma moça. Ela é livre para escolher por si mesma.

– Ela é? – exclamou Baldwin.

– Entre dois irmãos da loja, devo dizer que ela estava – salientou o chefe.

– Oh, essa é a sua decisão, não é?

– Sim, é, Ted Baldwin – afirmou McGinty, com um olhar perverso. – Essa é a causa da disputa de vocês?

– Você abandonaria um irmão que esteve ao seu lado por esses cinco anos em favor de um homem que nunca viu antes na sua vida? Você não vai ser mestre pela vida toda, Jack McGinty, e por Deus! Quando chegar a próxima votação...

O conselheiro investiu contra ele como se fosse um tigre. Sua mão se fechou em volta do pescoço do outro, e ele o atirou de costas em um dos barris. Em sua fúria insana, ele teria espremido a vida para fora de Baldwin se McMurdo não tivesse interferido.

– Calma, conselheiro! Pelo amor de Deus, vá devagar! – ele gritou ao arrastá-lo para trás.

McGinty soltou-o, e Baldwin, intimidado e abalado, sem fôlego, membros trêmulos, como alguém que parecia à beira da própria morte, estava sentado no barril sobre o qual fora atirado.

– Você estava pedindo por isso fazia muitos dias, Ted Baldwin, e agora você conseguiu! – bradou McGinty, seu enorme peito subindo e descendo. – Talvez pense que, se eu perdesse a eleição para mestre, você se encontraria no meu lugar. Essa escolha cabe à loja. Mas enquanto eu for o líder, não vou admitir homem que erga a voz contra mim ou contra as minhas decisões.

– Não tenho nada contra você – resmungou Baldwin, apalpando a garganta.

– Bem, então – exclamou o outro, retomando em questão de instantes a jovialidade franca –, somos todos bons amigos novamente e assunto encerrado.

O mestre tirou uma garrafa de champanhe da prateleira e girou a rolha.

– Veja agora – ele continuou, enquanto enchia três copos altos. – Vamos fazer um brinde à loja. Depois disso, como vocês sabem, não poderá haver animosidades entre nós. Pois bem, então a mão esquerda no meu pomo de adão. Eu lhe digo, Ted Baldwin, qual é a ofensa, senhor?

– As nuvens são pesadas – respondeu Baldwin.

– Mas elas sempre vão se iluminar.

– E isso eu juro!

Os homens beberam de seu copo, e a mesma cerimônia foi realizada entre Baldwin e McMurdo.

– Aí está! – gritou McGinty, esfregando as mãos. – Esse é o fim da briguinha. Vocês sofrerão a disciplina da loja se esse assunto continuar, e a mão é pesada por essas bandas, como o irmão Baldwin sabe, e como você vai descobrir logo, logo, irmão McMurdo, se procurar encrenca.

– Pela minha palavra, eu não iria com tanta sede ao pote – reafirmou McMurdo. – Ele estendeu a mão para Baldwin. – Sou rápido na briga e rápido no perdão. Dizem que é o meu sangue quente irlandês. Mas para mim acabou, e eu não guardo rancor.

Baldwin teve que pegar a mão oferecida, pois o olho maligno do terrível chefe estava fixo nele. Porém, seu rosto carrancudo mostrava como as palavras do outro pouco o haviam comovido.

McGinty bateu no ombro dos dois.

– Mas ora! Essas moças! Essas moças! – ele exclamou. – Pensar que as mesmas anáguas devem ficar entre dois dos meus rapazes! É a sorte do diabo! Bem, é a moça que deve resolver a questão, pois isso está fora da jurisdição de um mestre... e louvado seja o Senhor por isso! Já temos o suficiente com que lidar, sem as mulheres no meio. Você terá que ser afiliado à Loja 341, irmão McMurdo. Nós temos nossos próprios métodos e costumes, diferentes dos de Chicago. Sábado à noite é nosso encontro, e se você vier, vamos libertá-lo para sempre do Vale Vermissa.

Capítulo 3

• Loja 341, Vermissa •

No dia seguinte à noite que conteve tantos eventos empolgantes, McMurdo se mudou de seus aposentos na pensão do velho Jacob Shafter e ocupou um quarto na da viúva MacNamara, nos limites mais afastados da cidade. Scanlan, seu primeiro conhecido do trem, teve a oportunidade, pouco depois, de se mudar para Vermissa, e os dois se alojaram juntos. Não havia outro pensionista, e a anfitriã era uma velha irlandesa que os deixava em paz; de modo que eles tinham liberdade de expressão e ação, algo bem-vindo aos homens com segredos em comum.

Shafter havia cedido ao ponto de deixar McMurdo fazer suas refeições lá quando desejasse; assim, seu relacionamento com Ettie não foi de modo algum interrompido. Pelo contrário, estreitou-se e tornou-se mais íntimo com o passar das semanas.

Em seu quarto na nova residência, McMurdo achava seguro tirar os moldes de cunhagem, e sob muitos juramentos de sigilo, vários irmãos da loja recebiam permissão de vir vê--los, e cada um carregava nos bolsos alguns exemplares do dinheiro falso, feitos com tamanha habilidade, que nunca houve a menor dificuldade ou perigo em passar as moedas para frente. Parecia não haver motivo para que McMurdo, dominando uma arte tão maravilhosa, devesse se render a um trabalho, isso era um mistério perpétuo para seus companheiros; embora ele deixasse claro para quem perguntasse que se ele vivesse sem uma fonte de renda fixa, não demoraria muito para trazer a polícia ao seu encalço.

Um policial já estava, de fato, atrás dele; mas o incidente, por sorte, fez muito mais bem do que mal para o aventureiro. Após a primeira apresentação, houve poucas noites em que ele não encontrasse o caminho para o *saloon* de McGinty, e lá para se familiarizar mais com "os rapazes", um título jovial pelo qual a gangue perigosa que infestava o local se conhecia. Seus modos arrojados e língua destemida fizeram dele um favorito entre todos; a maneira rápida e científica com que ele derrotava um antagonista em briga de "vale-tudo" conquistou o respeito daquela rude comunidade. Outro incidente, no entanto, colocou-o em posição ainda mais elevada na estima dos demais.

Exatamente na hora de mais movimento, certa noite, a porta se abriu e um homem entrou com o uniforme azul e o chapéu pontudo da polícia das minas. Esse era um órgão especial criado pelos ferroviários e donos de minas de carvão para suplementar os esforços da polícia civil comum, que era completamente impotente diante da delinquência organizada que aterrorizava o distrito. Houve silêncio quando ele entrou, e muitos olhares curiosos foram lançados para ele; mas as relações entre policiais e criminosos são peculiares em algumas partes dos Estados Unidos, e o próprio McGinty, parado atrás do balcão, não demonstrou surpresa quando o policial se juntou a seus fregueses.

– Um uísque puro, pois o frio da noite está implacável – justificou-se o policial. – Creio que não nos conhecemos antes, conselheiro?

– O senhor seria o novo capitão? – perguntou McGinty.

– É isso mesmo. Estamos recorrendo ao senhor, conselheiro, e aos outros cidadãos de liderança, para nos ajudar a defender a lei e a ordem neste município. Capitão Marvin é o meu nome.

– Ficaríamos melhor sem o senhor, capitão Marvin – confidenciou McGinty com frieza –, pois temos nossa própria polícia municipal e não precisamos de nenhum bem importado. Vocês não passam da ferramenta paga dos capitalistas, contratada por eles para atacar com porrete ou a tiros seu compatriota mais pobre?

– Ora, ora, não vamos discutir sobre isso – disse o policial, bem-humorado. – Espero que todos façamos o nosso dever da forma como acreditamos; mas não podemos todos acreditar nos mesmos meios. – Ele havia bebido do copo e se virado para partir, quando seus olhos caíram sobre o rosto de Jack McMurdo, que estava de cara fechada ao seu lado.

– Ora, ora! – gritou ele, medindo-o de cima a baixo. – Aqui está um velho conhecido!

McMurdo se afastou dele.

– Nunca fui um amigo para o senhor e para nenhum policial na minha vida – disparou ele.

– Um conhecido nem sempre é um amigo – retrucou o capitão da polícia, sorrindo. – Você é Jack McMurdo de Chicago, certo o suficiente, e o senhor não nega!

McMurdo encolheu os ombros.

– Não vou negá-lo – ironizou ele. – Acha que tenho vergonha do meu próprio nome?

– E tem bons motivos para ter vergonha, diga-se de passagem.

– O que diabos quer dizer com isso? – ele rugiu com os punhos cerrados.

– Não, não, Jack, falar grosso não vai funcionar comigo. Eu era um oficial em Chicago antes de vir para esse maldito depósito de carvão, e conheço um trapaceiro de Chicago quando vejo um.

O rosto de McMurdo mostrou perplexidade.

– Não me diga que você é Marvin da Central de Chicago! – ele exclamou.

– Exatamente o mesmo Teddy Marvin, a seu serviço. Lá no norte, não nos esquecemos da morte a tiros de Jonas Pinto.

– Eu nunca atirei nele.

– Não atirou? Esse é um depoimento bem parcial, não é? Pois é, a morte dele foi estranhamente útil para você, ou eles o teriam apanhado por cunhar dinheiro falso. Bem, podemos deixar que isso fique no passado, já que, cá entre nós, talvez eu esteja indo além do meu dever ao dizer isso, eles não poderiam ter um argumento claro e concreto contra isso, e Chicago está aberta a você amanhã.

– Estou muito bem onde estou.

– Bem, eu dei a dica, e você é um cão mal-humorado por não me agradecer por isso.

– Bem, suponho que seja bem-intencionado, e lhe agradeço por isso – tachou McMurdo, de maneira não muito indulgente.

– Tenha minha palavra, contanto que eu o veja vivendo com retidão – ponderou o capitão. – Mas, por Deus! Se eu o vir sair da risca depois disso é outra história! Então boa noite... E boa noite, conselheiro.

Ele saiu do bar; mas não antes de ter criado um herói local. Os feitos de McMurdo na distante Chicago já tinham sido sussurrados antes. Ele havia se esquivado de todas as perguntas com um sorriso, como alguém que não desejava que lhe atribuíssem grandeza. Porém, agora a coisa toda estava oficialmente confirmada. Os vadios do bar se aglomeraram ao redor dele e lhe deram apertos de mão vigorosos. O novato estava livre para frequentar a comunidade a partir daquele momento. Podia beber muito sem que isso transparecesse; mas, naquela noite, se seu companheiro Scanlan não estivesse à mão para levá-lo para casa, o celebrado herói certamente teria passado a noite debaixo do bar.

Em um sábado à noite, McMurdo foi apresentado à loja. Ele pensara em entrar sem cerimônia, já que era um iniciado de Chicago; mas havia ritos particulares em Vermissa, dos quais eles se orgulhavam, e estes eram impostos a todos os postulantes. A assembleia se reunia em uma grande sala reservada para tais propósitos no sindicato. Cerca de sessenta membros estavam presentes em Vermissa; mas isso embora não representasse a força total da organização, pois havia várias outras lojas no vale, e outras entre as montanhas, de ambos os lados, que trocavam integrantes quando existia algum negócio sério em andamento, de modo que um crime pudesse ser cometido por homens estranhos à localidade. Ao todo, não havia menos do que quinhentos espalhados pelo distrito carvoeiro.

Na desnuda sala de reunião, os homens se reuniam em volta de uma mesa comprida. Ao lado, tinha uma segunda, repleta de garrafas e copos, aos quais alguns integrantes da companhia já estavam desviando os olhos. McGinty sentava-se à cabeceira com um barrete de veludo preto sobre o tufo de cabelos negros emaranhados, e uma estola roxa colorida em volta do pescoço, parecendo ser um padre presidindo um ritual diabólico. À direita e à esquerda dele estavam os altos funcionários da loja, o rosto cruel e bonito de Ted Baldwin entre eles. Cada um usava um lenço ou medalhão como emblema de seu ofício.

Eles eram, na maior parte, homens em idade madura; no entanto, o resto da companhia consistia de jovens entre dezoito a vinte e cinco anos, os agentes prontos e capazes que executavam os comandos de seus superiores. Entre os homens mais velhos havia muitos cujas feições mostravam as almas ferinas e sem lei; mas, olhando para as fileiras, era difícil acreditar que esses rapazes ansiosos e ingênuos fossem, na verdade, uma gangue perigosa de assassinos, cuja mente havia sofrido uma perversão moral tão completa que se orgulhavam de sua proficiência no ofício, e olhavam com o mais profundo respeito para o homem que tinha a reputação de fazer o que eles chamavam de um "serviço limpo".

Para sua natureza contorcida, tornara-se algo espirituoso e cavalheiresco oferecer-se de modo espontâneo para servir a algum homem que nunca os tinha prejudicado e que, em muitos casos, nunca os vira na vida. Com o crime cometido, eles disputavam sobre quem realmente tinha infligido o golpe fatal, e se divertiam um com o outro e com os companheiros, descrevendo os gritos e as contorções do assassinado.

No início, eles mostraram algum sigilo em seus arranjos; mas, no momento que esta narrativa descreve, seus procedimentos eram extraordinariamente públicos, pois os repetidos fracassos da lei lhes haviam provado, por um lado, que ninguém se atreveria a testemunhar contra eles e que, por outro, eles tinham um número ilimitado de testemunhas legais a quem eles poderiam recorrer, e um baú cheio de tesouros do qual poderiam sacar os fundos para atrair o melhor talento jurídico do estado. Em dez longos anos de afrontas, não houve sequer uma única condenação, e o único perigo que ameaçava os Scowrers estava na própria vítima, que, embora em desvantagem numérica e tomada de surpresa, podia, ocasionalmente, deixar sua marca nos agressores.

McMurdo fora avisado de que alguma provação o aguardava; mas ninguém queria lhe dizer o que consistia. Ele foi então levado para uma sala externa por dois antigos irmãos. Através do vão entre as tábuas, ele podia ouvir o murmúrio de muitas vozes na assembleia lá dentro. Uma ou duas vezes ele ouviu o som de seu próprio nome e soube que estavam discutindo sua candidatura. Em seguida, entrou um guarda interno com uma faixa verde e dourada no peito.

– O mestre ordena que ele seja amarrado, vendado e introduzido – avisou ele.

Os três lhe tiraram o casaco, levantaram a manga do braço direito e finalmente passaram uma corda ao redor dos cotovelos e a apertaram. Em seguida, colocaram um espesso capuz preto bem acima de sua cabeça e na parte superior de seu rosto, para que ele não enxergasse nada. Ele então foi levado para a sala de reunião.

Debaixo do capuz era um breu, e muito opressivo; ele não podia ver nada. Ouviu o farfalhar e murmúrio das pessoas ao redor dele, e então a voz de McGinty soou monótona e distante através da cobertura sobre seus ouvidos.

– John McMurdo – inquiriu a voz –, você já é um membro da Ordem Antiga dos Homens Livres?

John se curvou, confirmando.

– Sua loja é a número 29, em Chicago?

Uma nova confirmação.

– Noites escuras são desagradáveis – proclamou a voz.

– Sim, para forasteiros viajarem – ele respondeu.

– As nuvens são pesadas.

– Sim, uma tempestade está se aproximando.

– Os irmãos estão satisfeitos? – perguntou o mestre.

Houve um murmúrio geral de aprovação.

– Nós sabemos, irmão, pela sua senha e pela sua contrassenha que você é realmente um de nós – confirmou McGinty. – Queremos que saiba, no entanto, que neste condado e em outros condados dessas terras temos certos ritos e também certos deveres próprios que exigem bons homens. Está pronto para ser testado?

– Estou.

– Seu coração é forte?

– É.

– Dê um passo adiante para provar.

Enquanto as palavras eram ditas, ele sentiu dois pontos duros na frente de seus olhos, pressionando-os de forma a parecer que ele não poderia caminhar adiante sem correr o risco de perdê-los.

– Ele tem o coração forte – afirmou a voz. – Você é capaz de suportar a dor?

– Tão bem quanto qualquer um – ele respondeu.

– Teste-o!

Foi necessário toda a sua determinação para não gritar, pois uma dor angustiante atravessou sem antebraço. Ele quase desmaiou com o choque repentino; mas mordeu o lábio e apertou as mãos para esconder sua agonia.

– Posso aguentar mais do que isso – desafiou o iniciante.

Desta vez houve aplausos altos. Uma primeira aparição melhor nunca fora feita na loja. As mãos lhe deram tapinhas nas costas, e o capuz foi arrancado de sua cabeça. Ele ficou piscando e sorrindo em meio às congratulações dos irmãos.

– Uma última palavra, irmão McMurdo – iniciou McGinty. – Você já fez o juramento de sigilo e de fidelidade, e tem ciência de que a punição por qualquer violação é a morte instantânea e inevitável?

– Tenho – declarou McMurdo.

– E você aceita a autoridade do mestre neste momento, sob todas as circunstâncias?

– Aceito.

– Então, em nome da Loja 341, Vermissa, dou-lhe as boas-vindas aos seus privilégios e debates. Você colocará a bebida na mesa, irmão Scanlan, e nós beberemos em homenagem ao nosso digno irmão.

O casaco de McMurdo fora trazido para ele; mas antes de colocá-lo, ele examinou o braço direito, que ainda ardia intensamente. Ali, na carne do antebraço, havia um círculo com um triângulo dentro dele, profundo e vermelho, deixado pelo ferro em brasa. Um ou dois de seus irmãos arregaçaram as mangas e mostraram suas próprias marcas da loja.

– Todos nós a recebemos – afirmou um deles. – Mas nem todos de forma tão corajosa como você a recebeu.

– Ora! Não foi nada – desdenhou ele; mas queimava e doía mesmo assim.

Quando as bebidas que se sucediam à cerimônia de iniciação foram todas descartadas, os negócios da loja prosseguiram. McMurdo, acostumado apenas às performances prosaicas de

Chicago, ouviu o que se seguiu com ouvidos abertos e mais surpreso do que se aventurava a mostrar.

– O primeiro ponto na pauta – iniciou McGinty –, é ler a seguinte carta do mestre de Divisão Windle da Loja 249 do Condado de Merton. Ele diz:

> *Prezado senhor:*
>
> *Há um trabalho a ser feito em Andrew Rae da Rae & Sturmash, proprietários de carvão perto deste lugar. O senhor se lembrará de que sua loja nos deve um retorno, tendo recebido o serviço de dois irmãos no caso do patrulheiro, no último outono. O senhor nos enviará dois bons homens, que ficarão sob a jurisdição do tesoureiro Higgins desta loja, cujo endereço o senhor conhece. Ele mostrará a eles quando agir e onde.*
>
> *Atenciosamente em liberdade,*
>
> *J. W. Windle M. D. A. O. H. L.*

– Windle nunca nos recusou quando ocasionalmente pedimos emprestado um ou dois homens, e não cabe a nós recusá-lo. – McGinty fez uma pausa e olhou ao redor da sala com seus olhos opacos e malévolos. – Quem será o voluntário para o trabalho?

Vários jovens ergueram as mãos. O mestre olhou para eles com um sorriso de aprovação.

– Serve você, Tigre Cormac. Se lidar com esse caso tão bem quanto lidou do último, não estará errado. E você, Wilson.

– Eu não tenho uma pistola – advertiu o voluntário, um mero garoto adolescente.

– É o seu primeiro, não é? Bem, vocês terão que sujar as mãos de sangue em algum momento. Será um ótimo começo. Quanto à pistola, irão encontrá-la esperando por vocês, ou estou enganado. Caso se apresentem na segunda-feira, o tempo será suficiente. Receberão excelentes boas-vindas quando retornarem.

– Alguma recompensa desta vez? – perguntou Cormac, um jovem corpulento, de rosto sombrio e aparência brutal, cuja ferocidade lhe valia o apelido de "Tigre".

– Não importa a recompensa. Façam simplesmente pela honra da coisa. Talvez, quando tiver acontecido, haverá alguns poucos dólares no fundo da caixa.

– O que o homem fez? – perguntou o jovem Wilson.

– Certamente, não cabe à gente da sua laia perguntar o que o homem fez. Ele foi julgado por lá. Não é da nossa conta. Tudo o que temos de fazer é dar continuidade para eles, da mesma forma como eles fariam por nós. Falando nisso, dois irmãos da Loja de Merton virão até nós na semana que vem para cuidar de uns assuntos nas redondezas.

– Quem são eles? – indagou alguém.

– É mais sensato não perguntar. Se você não sabe nada, não pode testemunhar nada e nenhum problema poderá resultar disso. Porém, eles são homens que fazem um serviço limpo quando estão envolvidos.

– E também já era tempo! – exclamou Ted Baldwin. – As pessoas estão ficando fora de controle por essas bandas. Na semana passada mesmo, três dos nossos homens foram desligados pelo capataz Blaker. Ele está merecendo há muito tempo e vai receber o que merece.

– Receber o quê? – sussurrou McMurdo, para o vizinho.

– A carga total de um cartucho de chumbo! – exclamou o homem, com uma risada alta. – O que você acha dos nossos costumes, irmão?

A alma criminosa de McMurdo parecia ter absorvido o espírito da vil associação da qual ele era agora um integrante.

– Estou gostando muito – revelou ele. – É um lugar apropriado para um rapaz de coragem.

Vários dos que estavam sentados ao redor ouviram suas palavras e as aplaudiram.

– O que é isso? – bradou o mestre de mãos negras, na ponta da mesa.

– É nosso novo irmão, senhor, que está apreciando nossos costumes.

McMurdo levantou-se por um instante.

– Eu diria, eminente mestre, que se um homem é procurado, eu deveria tomar como uma honra ser escolhido para ajudar a loja.

Houve um grande aplauso em resposta. Parecia que um novo Sol estava pressionando e despontando no horizonte. Para alguns dos mais antigos, parecia que o progresso era um pouco veloz demais.

– Eu proponho – interveio o secretário Harraway, um velho de barba grisalha com cara de abutre que estava sentado ao lado do presidente da reunião –, que o irmão McMurdo espere até que seja da boa vontade da loja empregá-lo.

– Claro, foi isso que eu quis dizer; estou em suas mãos – aquiesceu McMurdo.

– Sua hora vai chegar, irmão – emendou o presidente. – Nós o marcamos como um homem disposto e acreditamos que fará um bom trabalho por essas bandas. Há um pequeno assunto esta noite no qual você pode tomar nas mãos se assim desejar.

– Vou esperar por algo que valha a pena.

– Pode vir esta noite, de qualquer forma. Vai ajudá-lo a saber o que defendemos nesta comunidade. Farei o anúncio mais tarde. Enquanto isso – ele olhou para o papel com a pauta da noite –, tenho mais um ou dois pontos a trazer antes da reunião. Primeiramente, perguntarei ao tesoureiro sobre nosso saldo bancário. Há a pensão para a viúva de Jim Carnaway. Ele foi abatido fazendo o trabalho da loja, e cabe a nós cuidarmos para que ela não saia perdendo.

– Jim foi morto no mês passado quando tentou matar Chester Wilcox, de Marley Creek – informou o vizinho de McMurdo.

– Os fundos estão bons no momento – comunicou o tesoureiro, com a caderneta na frente dele. – As empresas têm sido generosas ultimamente. A Max Linder & Co. pagou quinhentos para ser deixada em paz. A Walker Brothers enviou cem; mas eu assumi o compromisso de devolvê-lo e pedir quinhentos. Se eu não receber notícias até quarta-feira, os equipamentos de corda podem parar de funcionar. Tivemos que queimar o disjuntor no ano passado antes que eles agissem de modo razoável. Depois, a Companhia de Coalizão da Seção Oeste pagou a contribuição anual. Temos o suficiente à nossa disposição para cumprir quaisquer obrigações.

– E quanto a Archie Swindon? – perguntou um irmão.

– Ele vendeu o que tinha e saiu do distrito. O velho diabo nos deixou um bilhete para dizer que ele preferia ser um varredor de cruzamento em Nova York do que um grande dono de mina, sob o poder de um grupo de chantagistas. Por Deus!

Ainda bem que ele se mandou antes que esse bilhete chegasse até nós.

Um homem idoso, barbeado, de feições gentis e uma bela sobrancelha ergueu-se da ponta da mesa, de frente para o presidente.

– Senhor tesoureiro, posso perguntar quem comprou a propriedade desse homem que nós expulsamos do distrito? – ele indagou.

– Sim, irmão Morris. A propriedade foi comprada pela Companhia Ferroviária State & Merton County.

– E quem comprou as minas de Todman e de Lee, que chegaram ao mercado da mesma forma, no ano passado?

– A mesma empresa, irmão Morris.

– E quem comprou as metalúrgicas de Manson, de Shuman e de Van Deher e de Atwood, que mudaram todas de dono recentemente?

– Foram todas compradas pela Companhia de Mineração de West Gilmerton General.

– Não vejo, irmão Morris – interveio o presidente –, como isso possa ter importância para nós, já que eles não as conseguem carregar consigo para fora do distrito.

– Com todo o respeito, eminente mestre, penso que pode ser de grande importância para nós. Esse processo vem acontecendo já há dez longos anos. Estamos gradualmente expulsando todos os homens menores desse negócio. Qual é o resultado? Encontramos no lugar deles as grandes companhias, como a Ferroviária ou a General Iron, que têm diretores sediados em Nova York e na Filadélfia, e que não se importam em nada com as nossas ameaças. Podemos cansar os chefes locais, mas isso apenas significa que outros serão enviados para ocupar seu lugar. E estamos tornando isso perigoso para nós. Os homens menores não podiam nos prejudicar. Eles não tinham nem o dinheiro nem o poder necessários. Contanto que não os esprêmêssemos demais, eles continuariam sob o nosso poder. Agora, se essas grandes companhias descobrirem que nos colocamos entre eles e seu lucro, eles não medirão esforços nem custos para nos caçar e nos levar à justiça.

Houve um murmúrio de palavras agourentas, e todos os rostos se ensombreceram quando olhares sinistros eram trocados. Tão onipotentes e tão impunes eles tinham sido que o próprio pensamento de que houvesse uma possível retaliação no horizonte havia sido expulso de suas mentes. E ainda assim, a mera ideia causou um arrepio no mais temerário entre eles.

– É o meu conselho – continuou o que estava falando – que nós tenhamos cautela em relação aos menores. No dia em que todos tiverem sido expulsos, o poder desta sociedade terá se quebrado.

A verdade nunca é bem recebida. Houve gritos raivosos quando o orador retomou seu assento. McGinty se levantou com um ar soturno na fronte.

– Irmão Morris – rebateu o mestre –, você sempre foi um portador de más notícias. Enquanto os membros desta loja continuarem juntos, não haverá poder nos Estados Unidos que possa alcançá-los. Com toda certeza, já não enfrentamos muitas vezes as cortes da lei? Acredito que as grandes empresas acharão mais fácil pagar do que lutar, da mesma forma como fazem as pequenas. E agora, irmãos – McGinty tirou o barrete de veludo preto e a estola enquanto falava –, esta loja terminou os assuntos da noite, exceto por uma pequena questão que pode ser mencionada enquanto nos despedimos. Chegou a hora de compartilharmos uma bebida fraternal e de harmonia.

Estranha, de fato, era a natureza humana. Ali estavam aqueles homens, aos quais assassinatos eram coisa familiar, que, de novo e de novo, tinham abatido um pai de família, algum homem contra o qual não nutriam sentimentos pessoais, sem pensar em escrúpulos ou compaixão por uma esposa chorosa ou filhos indefesos, e, ainda assim, o que havia de terno ou patético na música podia comovê-los às lágrimas. McMurdo tinha uma bela voz de tenor, e se tinha fracassado em cair nas boas graças da loja antes, o sentimento não mais poderia se sustentar depois que ele os emocionara com "I'm Sitting on the Stile, Mary", e "On the Banks of Allan Water".

Na sua primeira noite, o novo recruta tornou-se um dos mais populares dentre os irmãos, marcado já para o avanço e para os cargos elevados. Outras qualidades eram necessárias, no entanto, além daquelas de bom companheirismo, para fazer um digno Homem Livre, e dessas ele recebeu um exemplo antes que a noite terminasse. A garrafa de uísque havia passado de mão em mão muitas vezes, e os homens estavam corados e prontos para fazer o mal quando seu mestre se levantou mais uma vez para se dirigir a eles.

– Rapazes – chamou ele –, há um homem nesta cidade que precisa ser podado, e cabe a vocês cuidar para que ele o seja. Estou falando de James Stanger, do *Herald*. Vocês viram como ele anda abrindo a boca contra nós novamente?

Houve um murmúrio de assentimento, com muitas blasfêmias sussurradas. McGinty pegou um recorte de papel do bolso do colete.

– É assim que ele diz:

Lei e ordem!

Reinado de terror no distrito de carvão e ferro

Doze anos se passaram desde os primeiros assassinatos que provaram a existência de uma organização criminosa em nosso meio. Daquele dia em diante, esses atentados nunca cessaram, até que agora chegaram a um ponto em que nos torna o opróbrio do mundo civilizado. É para tais resultados que o nosso grande país acolhe em seu seio o estrangeiro que foge dos despotismos da Europa? É para que eles se tornem tiranos contra os mesmos homens que lhes deram abrigo, e que um estado de terrorismo e ilegalidade deva ser estabelecido sob a própria sombra das sagradas ondulações da estrelada Bandeira da Liberdade, tema que levantaria horror em nossas mentes se lêssemos de sua existência sob a mais perfeita monarquia do oriente? Os homens são conhecidos. A organização é patente e pública. Quanto tempo devemos suportar? Podemos viver para sempre...

– Claro, já li o suficiente dessa baboseira! – gritou o presidente, jogando o jornal sobre a mesa. – Isso é o que ele diz de nós. A pergunta que estou fazendo é: o que devemos dizer a ele?

– Matá-lo! – gritou uma dúzia de vozes ferozes.

– Eu protesto contra isso – retrucou o irmão Morris, o homem da boa fronte e do rosto barbeado. – Eu lhes digo, irmãos, que nossa mão é muito pesada neste vale, e que chegará um momento em que, em autodefesa, todos os homens se unirão para nos esmagar. James Stanger é um homem idoso. Ele é respeitado no município e no distrito. O jornal dele representa tudo o que é sólido no vale. Se esse homem for abatido, haverá uma agitação de ponta a ponta deste estado, que só terminará com a nossa destruição.

– E como eles provocariam a nossa destruição, sr. Standback? – exclamou McGinty. – Pela polícia? Claro, metade deles recebe dinheiro nosso e a outra metade tem medo de nós. Ou é pelos tribunais e pelo juiz? Já não tentamos isso antes? E o que aconteceu?

– Há um tal de juiz Lynch que pode julgar o caso – alertou o irmão Morris.

A sugestão foi recebida por um grito raivoso geral.

– Tenho apenas que levantar o dedo – bradou McGinty –, e poderia colocar duzentos homens nesta cidade, capazes de limpá-la de ponta a ponta. – Então, de repente, levantando a voz e franzindo suas enormes sobrancelhas negras em uma carranca terrível, vociferou: – Olhe só, irmão Morris, estou de olho em você e já faz algum tempo! Você não tem coração e tenta tirar o coração dos outros. Será um dia ruim para você, irmão Morris, quando o seu próprio nome aparecer em nossa pauta, e estou pensando que é exatamente lá que eu devo colocá-lo.

Morris tinha ficado mortalmente pálido e seus joelhos pareceram ceder quando ele caiu de volta em sua cadeira. Ele ergueu o copo na mão trêmula e bebeu antes que pudesse responder.

– Peço desculpas, ilustre mestre da Ordem, ao senhor e a todos os irmãos desta loja, caso eu tenha falado mais do que deveria. Sou um membro fiel, todos vocês sabem disso. É o temor que eu tenho de que o mal alcance a loja que me faz falar com palavras ansiosas. No entanto, tenho mais confiança em seu julgamento do que em meu próprio, ilustre mestre, e prometo que não vou ofender mais uma vez.

A face carrancuda do mestre suavizou quando ele ouviu as palavras humildes.

– Muito bem, irmão Morris. Eu mesmo lamentaria se fosse necessário lhe dar uma lição. Mas enquanto eu ocupar esta cadeira, seremos uma loja unida em palavras e ações. E agora, rapazes – continuou ele, olhando para os homens ali reunidos –, digo que, se Stanger recebesse a parcela total do que lhe cabe, haveria mais problemas do que gostaríamos de ter. Esses editores são unidos, e todos os jornais no estado estaria clamando pela polícia e pelas tropas. Mas creio que vocês podem dar a ele um aviso bem severo. Você pode resolver isso, irmão Baldwin?

– Claro! – respondeu o jovem, ansiosamente.

– Quantos você vai levar?

– Meia dúzia e mais dois para guardar a porta. Será você, Gower, e você, Mansel, e você, Scanlan, e os dois Willaby.

– Eu prometi ao novo irmão que ele deveria ir – lembrou o presidente.

Ted Baldwin olhou para McMurdo mostrando que ele não havia esquecido nem o perdoado.

– Bem, ele pode vir se quiser – disse Baldwin, com a voz vacilante. – É o bastante. Quanto mais cedo começarmos a trabalhar, melhor.

A reunião terminou com muitos gritos e trechos de música ébria. O bar ainda estava lotado de convivas e muitos dos irmãos permaneceram lá. O pequeno bando que foi mandado para o serviço saiu para a rua, avançando em grupos de dois e três ao longo da calçada para não chamar a atenção. Era uma noite impiedosamente fria, com uma meia-lua brilhando forte em um céu gélido e cheio de estrelas. Os homens pararam e se reuniram em um pátio que dava para um prédio alto. As palavras "Vermissa Herald" estavam impressas em letras douradas entre as janelas bem iluminadas. De dentro, veio o retinir da imprensa.

– Ei, você – Baldwin falou para McMurdo –, pode ficar na porta e garantir que a rua fique aberta para nós. Arthur Willaby pode ficar com você. Os outros vêm comigo. Não tenham medo, rapazes; pois temos uma dúzia de testemunhas que atestarão que estamos no Union Bar neste exato momento.

Era quase meia-noite e a rua estava deserta, exceto por um ou dois festeiros a caminho de casa. A comitiva atravessou a rua e, ao empurrar a porta da redação do jornal, Baldwin e seus homens entraram correndo e subiram a escada que se elevava diante deles. McMurdo e o outro ficaram no andar de baixo. Da sala superior veio um berro, um grito por ajuda e, depois, o tropel de passos e o estrondo de cadeiras caindo. Um instante depois, um homem grisalho saiu correndo para o alto da escada.

O idoso foi agarrado antes que pudesse ir mais longe, e seus óculos chegaram aos pés de McMurdo. Houve um baque seco e um gemido. Ele estava com o rosto no chão, golpeado, ao mesmo tempo, por meia dúzia de pedaços de pau. Contorcia-se e seus braços e pernas longos e finos tremiam sob os golpes. Os demais, por fim, cessaram; mas Baldwin, com o semblante cruel moldado em um sorriso infernal, estava atacando a cabeça do homem, que em vão se esforçava para protegê-la com os braços. Seu cabelo branco estava coberto de manchas de sangue. Baldwin continuava curvado sobre sua vítima, dando um golpe curto e terrível sempre que via uma parte exposta, quando McMurdo subiu a escada e o empurrou para trás.

– Você vai matar o homem – vociferou ele. – Basta!

Baldwin olhou para ele com espanto.

– Maldito seja! – ele exclamou. – Quem você pensa que é para interferir, você que é novato na loja? Afaste-se! – Ele ergueu o porrete improvisado; mas McMurdo sacou a pistola do bolso do quadril.

– Afaste-se você! – ele gritou. – Vou explodir sua cara se você encostar a mão em mim. Quanto à loja, não era a ordem do mestre que esse homem não seria morto? E o que você está fazendo, senão matando-o?

– É verdade o que ele diz – observou um dos homens.

– Por Deus! É melhor vocês se apressarem! – gritou o homem no andar de baixo. – As janelas estão todas acesas e vocês atrairão a cidade toda para cá em questão de cinco minutos.

Havia, de fato, o som de gritos na rua, e um pequeno grupo de compositores e impressores estava se formando no corredor abaixo e se preparando para agir. Após deixar o corpo inerte e imóvel do editor à frente da escada, os criminosos desceram correndo e foram embora apressadamente pela rua. Tendo chegado ao sindicato, alguns deles se misturaram com a multidão no *saloon* de McGinty, sussurrando para o chefe, pelo bar, que o trabalho fora bem realizado. Outros, e entre eles McMurdo, se espalharam em ruas secundárias, e por caminhos tortuosos para suas próprias casas.

Capítulo 4

• O Vale do Medo •

Quando McMurdo acordou na manhã seguinte, tinha bons motivos para se lembrar de sua iniciação na loja. Sua cabeça doía pelo efeito da bebida, e o braço, onde fora marcado a ferro, estava quente e inchado. Tendo sua própria fonte peculiar de renda, sua frequência no emprego era irregular; então ele tomou um desjejum tardio e ficou em casa pela manhã, escrevendo uma longa carta para um amigo. Depois, leu o *Daily Herald*. Em uma coluna especial acrescentada no último minuto, ele leu:

Atentado na redação do Herald –
Editor gravemente ferido

Foi um breve relato dos fatos com os quais ele estava mais familiarizado do que o escritor poderia ter sido. Terminou com a declaração:

O assunto está agora nas mãos da polícia; mas dificilmente se pode esperar que seus esforços sejam acompanhados por melhores resultados do que no passado. Alguns dos homens foram reconhecidos e há esperança de se obter uma condenação. A fonte do atentado, nem era difícil de supor, foi a sociedade infame que mantém esta comunidade refém há tanto tempo, e contra a qual o Herald assumiu uma posição tão inflexível. Os numerosos amigos de Stanger se regozijarão ao saber que, embora ele tenha sido cruel e brutalmente espancado, e apesar de ter sofrido ferimentos graves na cabeça, sua vida não corre risco imediato.

Abaixo, afirmava que um guarda da polícia, armado com rifles Winchester, havia sido requisitado para a defesa do escritório.

McMurdo largou o jornal e acendia o cachimbo com a mão trêmula, devido aos excessos da noite anterior, quando se ouviu uma batida do lado de fora e a senhoria da pensão lhe trouxe um bilhete que acabara de ser entregue por um rapaz. Não estava assinado, dizia assim:

Gostaria de lhe falar, mas preferiria não o fazer em sua casa. Pode me encontrar ao lado do mastro de bandeira em Miller Hill. Se for até lá agora, tenho algo importante para o senhor ouvir e para eu dizer.

McMurdo leu o recado duas vezes com a maior surpresa; pois ele não podia imaginar o que significava ou quem era o autor. Se estivesse em caligrafia feminina, ele poderia imaginar que era o começo de uma daquelas aventuras que tinham sido bem familiares em sua vida passada. Porém, era a caligrafia de um homem e também de um homem bem-educado. Finalmente, depois de hesitar um pouco, ele decidiu ver do que se tratava o assunto.

Miller Hill é um parque público malconservado bem no centro da cidade. No verão é um refúgio favorito do povo; porém, no inverno é um tanto desolado. Do topo, tem-se uma visão não só de toda a cidade espalhada e enegrecida pela fuligem, mas também do vale sinuoso abaixo dela, com suas minas e fábricas dispersas escurecendo a neve de cada lado, e das cadeias de montanhas cobertas de florestas e com picos nevados que o flanqueiam.

McMurdo andou pelo caminho sinuoso coberto com sempre-vivas até chegar ao restaurante deserto que representava o centro da alegria do verão. Ao lado, elevava-se um mastro nu de bandeira e, abaixo dele, estava um homem, com o chapéu abaixado e a gola do sobretudo dobrada para cima. Quando o homem virou o rosto, McMurdo viu que era o irmão Morris, aquele que havia incorrido na ira do mestre da ordem, na noite anterior. Trocaram o sinal da loja assim que se encontraram.

– Eu queria lhe falar, sr. McMurdo – começou o homem mais velho, falando com uma hesitação que mostrava que ele estava em terreno delicado. – Foi gentil da sua parte ter vindo.

– Por que o senhor não assinou o recado?

– É preciso ser cauteloso, senhor. Em tempos como estes, nunca se sabe como uma coisa pode se voltar contra nós. Nunca se sabe em quem confiar ou em quem não confiar.

– Certamente alguém pode confiar nos irmãos da loja.

– Não, não, nem sempre – declarou Morris, com veemência. – O que quer que digamos, até o que pensemos, parece voltar àquele McGinty.

– Veja só! – espantou-se McMurdo em tom severo. – Foi ontem mesmo, como bem sabe, que fiz o juramento, de boa-fé, ao nosso mestre. Por acaso estaria me pedindo para quebrar meu juramento?

– Se é esse o ponto de vista – resignou-se Morris tristemente –, só posso dizer que sinto muito por ter lhe dado o trabalho de vir me encontrar. As coisas só podem ter chegado a um estágio ruim quando dois cidadãos livres não podem falar o que pensam um ao outro.

McMurdo, que observava seu companheiro com muita atenção, relaxou um pouco a postura.

– Claro que falei só por mim – justificou-se. – Sou um recém-chegado, como sabe, e sou estranho a tudo isso. Não cabe a mim abrir a boca, sr. Morris, e se acha por bem me dizer alguma coisa, estou aqui para ouvir.

– E levar de volta ao chefe McGinty! – bradou Morris, amargamente.

– De fato, o senhor me faz injustiça! – gritou McMurdo. – Quanto a mim, sou fiel à loja e isso eu lhe digo sem meias-palavras, mas eu seria uma criatura vil se fosse repetir a qualquer outra pessoa o que o senhor pode me dizer em confidência. Não passará de mim; embora eu o advirta de que não receberá nem ajuda nem simpatia.

– Já desisti de procurar uma coisa ou a outra – confidenciou Morris. – Posso estar colocando minha vida nas suas mãos pelo que tenho a dizer; no entanto, por mais que o senhor seja mau, e ontem me pareceu que está se moldando para ser tão mau quanto o pior deles, ainda assim é novo para a coisa toda, e a sua consciência não pode já estar endurecida como a deles. Foi por isso que pensei em lhe falar.

– Bem, e o que tem a dizer?

– Se me denunciar, que uma maldição lhe caia sobre a cabeça.

– Claro, eu disse que não entregaria.

– Eu lhe perguntaria, então, quando o senhor se juntou à sociedade dos Homens Livres em Chicago e jurou votos de caridade e fidelidade, nunca passou pela sua cabeça que poderia descobrir que o ato o levaria ao crime?

– Se chamar isso de crime – respondeu McMurdo.

– Chamar de crime! – exclamou Morris, sua voz vibrando com intensidade. – Deve ter visto pouco se pensa em chamar de qualquer outra coisa. Por acaso se tratou de crime ontem à noite, quando um homem velho o bastante para ser seu pai foi espancado até o sangue lhe pingar dos cabelos brancos? Foi crime...? Ou que outro nome lhe daria?

– Há quem diga que aquilo foi guerra – expôs McMurdo. – Uma guerra entre duas classes, valendo tudo, de forma que cada lado ataca da melhor maneira que consiga.

– Bem, e por acaso pensou em uma coisa dessas quando se juntou à sociedade dos Homens Livres em Chicago?

– Não, sou forçado a dizer que não pensei.

– Nem eu pensei quando me filiei, na Filadélfia. Era apenas um clube beneficente e um ponto de encontro para os companheiros. Então ouvi falar desse lugar... maldita a hora em que o nome me chegou pela primeira vez aos ouvidos! E eu vim para melhorar! Meu Deus! Para melhorar! Minha esposa e meus três filhos vieram comigo. Abri uma loja de produtos secos na Market Square, e prosperei. Começaram a circular rumores de que eu era um Homem Livre e logo fui forçado a me unir à loja local, da mesma forma como lhe aconteceu ontem à noite. Tenho o emblema de vergonha no meu antebraço e algo pior marcado no meu coração. Descobri que estava sob as ordens de um vilão maléfico e entranhado numa rede de crime. O que eu poderia fazer? Cada palavra que eu disse para melhorar as coisas foi interpretada como traição, do mesmo modo como na noite anterior. Não posso partir, pois tudo o que tenho no mundo é a minha loja. Se eu deixar a sociedade, sei muito bem que essa decisão significa assassinato para mim, e Deus sabe o que aconteceria com minha esposa e com meus filhos. Oh, homem, é horrível... horrível! – Morris levou as mãos ao rosto, e seu corpo sacudiu com soluços convulsivos.

McMurdo encolheu os ombros.

– O senhor é muito fraco para esses serviços – disse ele. – O senhor é do tipo errado para esse trabalho.

– Eu tive uma consciência e uma religião um dia, mas eles me transformaram em um criminoso. Fui escolhido para um trabalho. Se recuasse, sabia bem o que viria contra mim. Talvez eu seja um covarde. Talvez seja o pensamento da minha pobre mulher e das crianças que façam de mim um covarde. Apesar disso, eu fui. Acho que essa decisão vai me assombrar para sempre.

"Era uma casa solitária, a trinta quilômetros daqui, depois da cordilheira lá ao longe. Fui escolhido para ficar na porta, assim como o senhor na noite passada. Eles não podiam confiar em mim para fazer o trabalho. Os outros entraram. Quando saíram, as mãos estavam escarlates até os pulsos. Quando nos afastamos, uma criança berrava de dentro da casa, atrás de nós. Era um menino de cinco anos que tinha visto o pai ser morto. Eu quase desmaiei com o horror de presenciar aquilo, e ainda assim tive que manter um semblante ousado e sorridente; pois eu bem sabia que se não fizesse isso, seria da minha casa que eles sairiam com as mãos ensanguentadas, e seria meu pequeno Fred que gritaria pelo pai."

"Mas eu já era um criminoso naquele momento, partícipe de um assassinato, perdido para sempre neste mundo e perdido também no outro. Eu sou um bom católico; mas o padre não quis trocar uma só palavra comigo quando ficou sabendo que eu era um Scowrer, e estou excomungado da minha fé. A minha situação é essa. Eu o vejo indo pelo mesmo caminho e lhe pergunto: qual será o fim? Está pronto para ser um assassino a sangue frio também, ou podemos fazer alguma coisa para impedir?"

– O que o senhor faria? – perguntou McMurdo, abruptamente. – Não informaria?

– Deus me livre! – exclamou Morris. – Sem dúvida, o mero pensamento custaria a minha vida.

– Muito bem – respondeu McMurdo. – Na minha opinião, o senhor é um homem fraco e que está fazendo tempestade em copo d'água.

– Tempestade em copo d'água! Espere até ter vivido aqui por mais tempo. Olhe para o vale! Veja a nuvem de cem chaminés que o obscurece! Eu lhe digo que a nuvem de assassinato é mais grossa e paira mais baixa sobre a cabeça do povo do que essa. É o Vale do Medo, o Vale da Morte. O terror habita o coração das pessoas do crepúsculo ao amanhecer. Espere, meu jovem, e descobrirá por si mesmo.

– Bem, vou lhe falar o que penso quando eu tiver visto mais – retrucou McMurdo, de forma despreocupada. – O que é muito claro é que o senhor não é homem para este lugar, e quanto mais cedo vender tudo e partir, nem que receba um centavo para cada dólar que a empresa vale, melhor será. O que disse está seguro comigo; mas, por Deus! Se eu achasse que se tratava de um informante...

– Não, não! – lamentou Morris.

– Bem, deixe estar. Vou levar em consideração o que me falou, e talvez algum dia eu volte a esse assunto. Acredito que sua intenção seja boa em me alertar. Agora preciso voltar para casa.

– Uma palavra antes de ir – pediu Morris. – Pode ser que tenham nos visto juntos. Eles podem querer saber de que falamos.

– Ah! Bem pensado.

– Eu lhe ofereço um cargo administrativo na minha loja.

– E eu recuso. Esse é o nosso assunto. Bem, até mais ver, irmão Morris, e que tempos melhores o encontrem no futuro.

Naquela mesma tarde, enquanto McMurdo estava sentado fumando, perdido em pensamentos ao lado do fogão de sua sala de estar, a porta se abriu e o vão foi preenchido pela enorme figura do chefe McGinty. Ele fez o sinal e, em seguida, sentando-se em frente ao jovem, encarou-o com firmeza por algum tempo, um olhar que foi sustentado com firmeza equivalente.

– Não costumo fazer muitas visitas, irmão McMurdo – ele disse, por fim. – Creio que fico muito ocupado com as pessoas que me visitam, mas pensei em abrir uma exceção e vir até você na sua própria casa.

– Fico orgulhoso em vê-lo aqui, conselheiro – McMurdo redarguiu cordialmente, tirando sua garrafa de uísque do armário. – É uma honra que eu não esperava.

– Como está o braço? – perguntou o chefe.

McMurdo fez uma expressão irônica.

– Bem, não consigo esquecê-lo – revelou ele –, mas vale a pena.

– Sim, vale a pena – respondeu o outro –, para aqueles que são leais, que vão até as últimas consequências e são uma ajuda para a loja. O que você estava conversando com o irmão Morris em Miller Hill esta manhã?

A pergunta veio tão de repente que era bom que ele tivesse a resposta preparada. McMurdo irrompeu em uma risada vigorosa.

– Morris não sabia que eu poderia ganhar a vida aqui em casa. E também não deverá ficar sabendo, pois ele tem consciência demais, na opinião de gente como eu. Mas é um velho de bom coração. Ele achou que eu estava passando dificuldade e que seria uma boa ação me oferecer um emprego administrativo na mercearia.

– Ah, foi isso?

– Sim, foi isso.

– E você recusou?

– Claro. Eu não poderia ganhar dez vezes mais no meu quarto com quatro horas de trabalho?

– É isso mesmo. Mas eu não andaria muito com Morris.

– Por que não?

– Bem, acho que é porque estou lhe dizendo para não andar. Isso é suficiente para a maioria das pessoas por essas bandas.

– Pode ser o suficiente para a maioria das pessoas; porém não é suficiente para mim, conselheiro – replicou McMurdo, corajosamente. – Se é um juiz de homens, saberá disso.

O gigante moreno olhou para ele, e sua pata peluda se fechou por um instante em volta do copo como se ele fosse arremessá-lo na cabeça de seu companheiro.

Então ele riu em sua voz alta, estrondosa e falsa.

– Você é um sujeito incomum, com certeza – disse ele. – Bem, se quer razões, eu as darei. Morris não falou nada contra a loja?

– Não.

– Nem contra mim?

– Não.

– Bem, isso é porque ele não confia em você. Mas, no coração, ele não é um irmão leal. Isso nós sabemos bem. Então nós o observamos e aguardamos o tempo para admoestá-lo. Estou pensando que esse tempo está se aproximando. Não há espaço para ovelhas sarnentas em nosso aprisco. Mas se mantiver na sua companhia um homem desleal, poderíamos pensar que você também é desleal. Entende?

– Não há chance de eu o manter em minha companhia, porque não gosto do homem – respondeu McMurdo. – Quanto a ser desleal, se fosse qualquer homem, que não o senhor, ele não usaria a palavra para mim duas vezes.

– Bem, isso é o suficiente – encerrou McGinty, esvaziando o copo. – Vim até aqui para lhe dar uma palavra oportuna, e aí está ela.

– Eu gostaria de saber – retomou McMurdo –, como o senhor chegou a saber que eu falei com Morris?

McGinty riu.

– É minha função saber o que se passa nesta cidade – explicou. – Acho que seria melhor você reconhecer que eu ouço tudo o que se passa. Bem, o tempo acabou, e eu vou apenas dizer...

Porém, sua despedida foi interrompida de uma forma muito inesperada. Com uma batida repentina, a porta se abriu, e três rostos franzidos e atentos olharam para eles debaixo dos chapéus pontudos da polícia. McMurdo se levantou com um salto, e fez menção de sacar o revólver; mas seu braço parou no meio do caminho quando ele tomou consciência de que dois fuzis Winchester estavam mirados em sua cabeça. Um homem de uniforme avançou para dentro do cômodo, empunhando uma arma de seis disparos. Era o capitão Marvin, outrora de Chicago, e agora da Polícia de Minas. Ele balançou a cabeça com um meio sorriso para McMurdo.

– Pensei que o senhor estaria se metendo em problemas, sr. Desonesto McMurdo de Chicago – desdenhou o policial. – Não pode ficar de fora, pode? Pegue seu chapéu e venha conosco.

– Acho que vai pagar por isso, capitão Marvin – ameaçou McGinty. – Quem é o senhor, eu gostaria de saber, invadindo uma casa dessa maneira e incomodando homens honestos e cumpridores da lei?

– O senhor está sobrando neste assunto, conselheiro McGinty – disse o capitão da polícia. – Não estamos atrás do senhor, mas deste homem, McMurdo. É para o senhor nos ajudar e não colocar resistência ao nosso dever.

– Ele é amigo meu e eu responderei por sua conduta – esclareceu o chefe.

– Pelo que me consta, sr. McGinty, o senhor terá que responder por sua própria conduta algum desses dias – respondeu o capitão. – Esse homem McMurdo era um trapaceiro antes mesmo de vir para cá, e ele ainda é um trapaceiro. Apreenda-o, patrulheiro, enquanto eu o desarmo.

– Aqui está a minha pistola – disse McMurdo friamente. – Talvez, capitão Marvin, se o senhor e eu estivéssemos sozinhos e cara a cara, não me levaria com facilidade.

– Onde está o seu mandado? – perguntou McGinty. – Por Deus! Enquanto gente da laia de vocês comanda a polícia, seria o mesmo se um homem vivesse na Rússia ou em Vermissa. É um ultraje capitalista, e o senhor vai ouvir mais, eu acho.

– Faça o que achar que é seu dever da melhor maneira que pode, conselheiro. Cuidaremos do nosso.

– Do que sou acusado? – questionou McMurdo.

– De estar envolvido no espancamento do velho editor Stanger no escritório do *Herald*. Sorte sua não ter sido uma acusação de assassinato.

– Bem, se isso é tudo o que tem contra ele – gritou McGinty com uma risada –, pode poupar um monte de problemas liberando-o agora mesmo. Este homem estava comigo no meu *saloon* jogando pôquer até a meia-noite, e posso trazer uma dúzia de pessoas para provar isso.

– Isso é problema seu, e eu acho que o senhor pode resolver no tribunal amanhã. Enquanto isso, vamos, McMurdo, e venha sem alarde, se não quiser uma arma em sua cabeça. Afaste-se, sr. McGinty; pois eu advirto que não vou tolerar nenhuma resistência enquanto eu estiver em serviço!

Tão determinada foi a aparição do capitão, que tanto McMurdo quanto seu chefe foram forçados a aceitar a situação. Este último conseguiu trocar algumas palavras sussurradas com o prisioneiro antes de se separarem.

– E quanto a... – McGinty apontou o polegar para o alto, referindo-se à oficina de cunhagem.

– Tudo certo – sussurrou McMurdo, que tinha criado um esconderijo seguro sob o assoalho.

– Eu me despeço de você – disse o chefe, com um aperto de mão. – Vou me reunir com Reilly, o advogado, e cuidar eu mesmo da defesa. Tenha a minha palavra de que eles não vão conseguir mantê-lo preso.

– Não apostaria nisso. Vigiem o prisioneiro, vocês dois, e atirem nele se ele tentar alguma brincadeira. Vou revistar a casa antes de partir.

E assim ele fez; mas, aparentemente, não encontrou nenhum vestígio da oficina clandestina. Quando o policial desceu, ele e seus homens escoltaram McMurdo para a sede da polícia. A escuridão havia caído e uma forte nevasca soprava de tal forma que as ruas estavam quase desertas; mas alguns vadios seguiram o grupo e, encorajados pela invisibilidade, gritaram imprecações ao prisioneiro.

– Linchem o maldito Scowrer! – eles bradavam. – Linchem-no!

O grupo ria e zombava quando McMurdo foi empurrado para dentro da delegacia. Após um breve exame formal do inspetor encarregado, ele foi colocado na cela comum. Ali ele encontrou Baldwin e três outros criminosos da noite anterior, todos presos naquela tarde, e aguardando seu julgamento na manhã seguinte.

Mas mesmo dentro daquela fortaleza interior da lei o braço longo dos Homens Livres era capaz de chegar. Tarde da noite, apareceu um carcereiro com um fardo de palha para lhes servir de cama, e de dentro ele extraiu duas garrafas de uísque, alguns copos e um baralho de cartas. Eles passaram uma noite hilariante, sem um pensamento ansioso que fosse a respeito da provação da manhã.

E também não tinham causa, como o resultado demonstraria. Dadas as provas, o magistrado não teria como levar o caso deles para uma corte superior. Por um lado, os tipógrafos e jornalistas foram forçados a admitir que a luz era incerta, que eles mesmos estavam muito perturbados, e que era difícil jurar a identidade dos agressores; embora acreditassem que os acusados estavam entre eles. Em interrogação cruzada feita pelo inteligente advogado contratado por McGinty, os homens foram ainda mais nebulosos na apresentação de seu depoimento.

O homem ferido havia deposto; dissera que o ato repentino o pegara em tamanha surpresa que ele não poderia declarar nada além do fato de que o primeiro homem que o atacara usava bigode. Então, ele acrescentou saber que os homens eram Scowrers, já que nenhuma outra pessoa na comunidade poderia ter qualquer tipo de inimizade contra ele, e já fazia tempo que ele sofria ameaças em resposta a seus editoriais sinceros. Por outro lado, foi claramente demonstrado pelas provas conjuntas e inabaláveis de seis cidadãos, incluindo aquele alto funcionário municipal, o conselheiro McGinty, que os homens estavam na sede do sindicato jogando carteado até horário muito posterior àquele em que o ataque fora feito.

Não é preciso dizer que eles foram dispensados com algo muito próximo de um pedido de desculpas por parte dos magistrados pela inconveniência ao qual eles foram submetidos, junto com uma censura implícita ao capitão Marvin e à polícia por seu zelo oficioso.

O veredicto foi recebido com grande aplauso por um tribunal em que McMurdo viu muitos rostos familiares. Os irmãos da loja sorriam e acenavam. Porém, havia outros que ficaram sentados com lábios comprimidos e olhos sombrios quando os homens saíram em fila do banco dos réus. Um deles, um sujeito resoluto, baixo e de barba escura, expressou em palavras seus pensamentos e os de seus companheiros, à medida que os ex-prisioneiros passavam por ele.

– Seus malditos assassinos! – vociferou ele. – Ainda vamos endireitar vocês!

Capítulo 5

• A hora mais sombria •

Se alguma coisa fosse necessária para dar um ímpeto à popularidade de Jack McMurdo entre seus companheiros, esta seria sua prisão e absolvição. Que um homem, na mesma noite em que se havia unido à loja, tivesse feito algo que o levasse diante do magistrado era um novo recorde nos anais da sociedade. Ele já ganhara a reputação de um bom companheiro, um festeiro alegre e, ao mesmo tempo, de um homem de temperamento quente, incapaz de engolir um desaforo nem mesmo que fosse do todo-poderoso chefe em pessoa. Porém, em adição a isso, o novato havia impressionado os companheiros com a ideia de que, entre eles, não existia um só cérebro tão pronto para arquitetar um plano sanguinário, ou cuja mão fosse mais capaz de levá-lo a cabo.

– Ele será o rapaz do serviço limpo – disse um dos mais antigos para o outro, e esperaram por seu momento até que pudesse colocá-lo à sua disposição.

McGinty já tinha instrumentos suficientes; mas reconhecia que esse se tratava de um companheiro supremamente capaz. O mestre se sentia como um homem segurando um feroz cão de caça pela coleira. Havia cães para fazer o trabalho menor, mas algum dia ele soltaria essa criatura sobre sua presa. Alguns membros da loja, Ted Baldwin entre eles, ressentiam-se da ascensão veloz do forasteiro, e o odiavam por isso; mas eles mantinham distância, pois ele estava tão pronto para lutar quanto para rir.

Porém, se McMurdo caísse nas boas graças dos companheiros, havia outro aspecto, um que se tornara ainda mais vital para ele, que o fazia perder o controle. O pai de Ettie Shafter não queria ter mais nada a ver com ele nem lhe permitia entrar na casa. A própria Ettie estava apaixonada demais para desistir dele. Ainda assim, seu bom senso a alertava do que resultaria do casamento com um homem que era considerado um criminoso.

Certa manhã, depois de uma noite insone, Ettie decidira que iria vê-lo, possivelmente pela última vez, e fazer um último esforço para tirá-lo daquelas influências perversas que o estavam sugando para o buraco. Ela foi até a casa dele, como ele costumava implorar que ela fizesse, e entrou no cômodo que ele usava como sala de estar. Ele estava sentado a uma mesa, de costas, com uma carta diante dele. Um repentino espírito de travessura juvenil tomou conta dela – ela ainda só tinha dezenove anos. McMurdo não ouviu quando ela abrira a porta. Agora a moça andava pé ante pé e lhe colocou as mãos levemente sobre os ombros curvos.

Se estava esperando dar-lhe um susto, certamente tinha conseguido; porém, apenas para assustar a si mesma. Com o salto de um tigre, ele investiu contra ela, e sua mão esquerda fez menção de agarrá-la pela garganta. No mesmo instante, com a outra mão, ele amassou o papel que estava diante dele. Por um instante ele a fitou. Em seguida, espanto e alegria tomaram o lugar da ferocidade que tinha convulsionado suas feições – uma ferocidade que a fizera se encolher de horror como se em resposta a algo que nunca antes se intrometera em sua vida inerte.

– É você! – disse McMurdo, limpando a testa. – E pensar que você poderia vir a mim, coração do meu coração, e eu não consegui achar nada melhor para fazer do que desejar estrangulá-la. Venha então, querida – e ele estendeu os braços –, deixe-me compensar pelo que fiz.

Porém, ela não se recuperara do repentino vislumbre de medo culpado que tinha lido no semblante do homem. Todos os seus instintos femininos lhe diziam que não era o mero pavor de um homem que leva um susto.

Culpa: era isso. Culpa e medo!

– O que acometeu você, Jack? – ela exclamou. – Por que ficou com tanto medo de mim? Ah, Jack, se sua consciência estivesse tranquila, você não olharia para mim daquele jeito!

– Claro, eu estava pensando em outras coisas, e quando você entrou com passos tão leves dos seus pezinhos de fada...

– Não, não, foi mais do que isso, Jack. – Então uma suspeita repentina tomou conta dela. – Deixe-me ver a carta que você estava escrevendo.

– Ah, Ettie, eu não poderia fazer isso.

As suspeitas dela se transformaram em certezas.

– É outra mulher – ela esbravejou. – Eu sei! Por qual outro motivo você esconderia de mim? Era para sua esposa que você estava escrevendo? Como eu vou saber que você não é um homem casado; você, um estranho, que ninguém conhece?

– Eu não sou casado, Ettie. Veja, eu juro! Você é a única mulher na terra para mim. Juro pela Cruz de Cristo!

Ele estava tão branco, com uma seriedade apaixonada, que ela não pôde deixar de acreditar nele.

– Muito bem, então – ela interrogou –, por que você não quer me mostrar a carta?

– Vou lhe dizer, *acushla* – disse ele. – Fiz um juramento e não posso mostrá-la e, assim como eu não poderia quebrar minha palavra com você, eu devo mantê-la para aqueles a quem fiz a promessa. É assunto da loja, e é segredo até mesmo para você. E se eu tive medo quando a mão caiu sobre mim, não consegue entender quando poderia ter sido a mão de um detetive?

Ettie sentia que ele estava dizendo a verdade. Ele a pegou nos braços e salpicou beijos para espantar seus medos e dúvidas.

– Então sente-se aqui do meu lado. É um trono incomum para tal rainha; mas é o melhor que seu pobre amante pode encontrar. Ele vai fazer coisa melhor por você qualquer dia desses, estou pensando. Agora sua mente está tranquila novamente, não está?

– Como algum dia poderei ficar tranquila, Jack, quando sei que você é um criminoso entre criminosos, quando nunca saberei em que dia posso ouvir que você está perante o tribunal por causa de assassinato? "McMurdo, o Scowrer", foi assim que um dos nossos pensionistas chamou você ontem. Atravessou meu coração como um punhal.

– É evidente que palavras duras não quebram ossos.

– Mas elas eram verdadeiras.

– Bem, querida, não é tão ruim quanto você pensa. Somos apenas homens pobres que estamos tentando, de nossa própria maneira, conseguir nossos direitos.

Ettie jogou os braços em volta do pescoço do amante.

– Desista, Jack! Por mim, pelo amor de Deus, desista! Foi com esse pedido que vim aqui hoje. Oh, Jack, veja... estou implorando de joelhos! Ajoelhada aqui diante de você, eu suplico que desista!

Ele a levantou e a acalmou trazendo a cabeça dela contra seu peito.

– Decerto, querida, você não sabe o que está pedindo. Como eu poderia desistir quando isso seria quebrar meu juramento e abandonar meus companheiros? Se pudesse ver qual é a minha situação, você nunca poderia pedir isso de mim. Além do mais, se eu quisesse, como eu poderia fazê-lo? Você não acha que a loja deixaria um homem ir embora livremente carregando consigo todos os segredos da ordem?

– Eu pensei nisso, Jack. Planejei tudo. Meu pai economizou algum dinheiro. Ele está cansado deste lugar, onde o medo dessas pessoas lança uma sombra sobre as nossas vidas. Ele está pronto para ir. Poderíamos fugir juntos para a Filadélfia ou para Nova York, onde estaríamos a salvo deles.

McMurdo deu risada.

– A loja tem um braço longo. Você acha que não poderia se estender daqui até Filadélfia ou Nova York?

– Bem, então, para o Oeste, ou para a Inglaterra, ou para a Alemanha, de onde veio meu pai... Qualquer lugar para fugir deste Vale do Medo!

McMurdo pensou no velho irmão Morris.

– Certamente, é a segunda vez que ouço o vale ser chamado assim – revelou ele. – A sombra parece, de fato, pesar em alguns de vocês.

– Ela escurece todos os momentos das nossas vidas. Você acha que Ted Baldwin nos perdoou? Se ele não o temesse, quais você acha que seriam as nossas chances? Se visse a expressão naqueles olhos escuros e famintos quando eles caem sobre mim!

– Por Deus! Eu ensinaria a ele modos melhores se eu o pegasse! Mas veja, garotinha. Eu não posso sair daqui. Não posso... tirar isso de mim de uma vez por todas. No entanto, se você me deixar encontrar meu próprio caminho, tentarei preparar um jeito de sair disso tudo de forma honrada.

– Não existe honra em tal assunto.

– Ora, ora, é apenas a forma como você enxerga a matéria. Contudo, se me der seis meses, vou encontrar uma forma de partir sem ter vergonha de encarar as pessoas nos olhos.

A moça riu de alegria.

– Seis meses! – ela exclamou. – É uma promessa?

– Bem, pode ser sete ou oito. Mas dentro de um ano no mais tardar, teremos deixado o vale para trás.

Foi o máximo que Ettie conseguiu obter, e ainda assim já era alguma coisa. Havia essa luz distante para iluminar a escuridão do futuro imediato. Ela voltou para a casa de seu pai mais alegre do que nunca desde que Jack McMurdo entrara em sua vida.

Seria possível pensar que, na condição de membro, todas as ações da sociedade lhe seriam comunicadas, mas ele logo descobriria que a organização era mais ampla e mais complexa do que a simples loja. Até mesmo o chefe McGinty ignorava muitas coisas; pois havia um funcionário chamado Delegado do Condado, que morava em Hobson's Patch mais adiante, na linha do trem, que detinha o poder sobre várias lojas diferentes; poder esse que ele exercia de maneira súbita e arbitrária. Apenas uma vez McMurdo o viu, um homem que mais parecia um rato dissimulado de cabelos grisalhos, com um andar trôpego e um olhar de soslaio carregado de malícia. Evans Pott era seu nome, e até mesmo o grande chefe de Vermissa sentiu em sua direção algo da repulsa e do medo que o enorme Danton poderia ter sentido pelo insignificante, mas perigoso, Robespierre.

Um dia, Scanlan, que era colega de McMurdo na pensão, recebeu um recado de McGinty, dentro do qual vinha outro de Evans Pott. Informava que ele estava enviando dois bons homens, Lawler e Andrews, que tinham instruções para atuar na vizinhança; embora fosse melhor para a causa que nenhum detalhe sobre seus objetivos devesse ser divulgado. Será que o mestre da loja cuidaria para que preparativos adequados fossem feitos no sentido de proporcionar acomodações e conforto, onde eles poderiam aguardar até que o momento da ação chegasse? McGinty acrescentou que era impossível que alguém permanecesse em segredo na sede do sindicato, e que, portanto, ele ficaria muito grato se McMurdo e Scanlan fizessem a gentileza de providenciar acomodação para os estranhos por alguns dias na pensão.

Na mesma noite os dois homens chegaram, cada um carregando sua maleta de couro. Lawler era um homem idoso, astuto, silencioso e seguro, paramentado numa velha casaca preta, o que, com seu chapéu de feltro mole e barba grisalha e irregular, dava-lhe uma semelhança geral com um pregador itinerante. Seu companheiro Andrews era pouco mais do que um garoto, de rosto franco e alegre, com o jeito leve de uma pessoa que está fazendo uma viagem de férias e pretende aproveitar cada minuto. Ambos eram abstêmios totais e comportavam-se, de todas as formas, como membros exemplares da sociedade, com a simples exceção de que fossem assassinos, já tendo se provado muitas vezes como instrumentos capazes daquela associação de assassinato. Lawler já havia realizado catorze comissões do tipo, e Andrews, três.

Estavam, como McMurdo descobriu, prontos para conversar sobre suas ações do passado, as quais relatavam com o orgulho modesto de homens que haviam prestado um serviço bom e altruísta à comunidade. Mostravam-se reticentes, no entanto, quanto à tarefa imediata que tinham em mãos.

– Eles nos escolheram porque nem eu nem o menino aqui bebemos – explicou Lawler. – Eles podem contar que não vamos falar nada mais do que deveríamos. Não levem a mal, mas são ordens do Delegado do Condado que nós obedecemos.

– Claro, estamos todos juntos nisso – concordou Scanlan, o companheiro de McMurdo, enquanto os quatro se sentavam juntos para o jantar.

– Isso é bem verdade, e podemos conversar até o Sol raiar da morte de Charlie Williams ou de Simon Bird, ou qualquer outro trabalho no passado, contudo, até que a tarefa esteja terminada, não dizemos nada.

– Há meia dúzia por aqui sobre os quais tenho uma palavra ou outra a dizer – garantiu McMurdo, com uma palavra de baixo calão. – Suponho que não seja Jack Knox de Ironhill que vocês estejam buscando. Eu não mediria muitos esforços para vê-los receber o que merecem.

– Não, ainda não é ele.

– Ou Herman Strauss?

– Não, também não é ele.

– Bem, se não querem nos dizer, não podemos obrigá-los; mas eu ficaria contente em saber.

Lawler sorriu e balançou a cabeça. Ele não era homem de ser ludibriado.

Apesar da reticência de seus hóspedes, Scanlan e McMurdo estavam determinados a marcarem presença no que eles chamaram de "diversão". Quando, portanto, uma manhã cedo, McMurdo os ouviu rastejando pelas escadas, acordou Scanlan e os dois se apressaram em suas roupas. Já vestidos, descobriram que os outros haviam saído sorrateiramente, deixando a porta aberta atrás deles. Ainda não tinha amanhecido e, pela luz dos lampiões, podiam ver os dois homens a alguma distância pela rua. Eles os seguiram com cautela, trilhando ruidosamente pela neve profunda.

A pensão ficava na periferia da cidade, e logo chegaram à encruzilhada que já se localizava além de seus limites. Ali, três homens aguardavam, com quem Lawler e Andrews tiveram uma conversa curta e ansiosa. Em seguida, todos seguiram em frente juntos. Era claramente algum trabalho notável que precisava de um grupo de pessoas. Naquele ponto, havia várias trilhas que levavam a diversas minas. Os estranhos pegaram a que levava a Crow Hill, um enorme empreendimento que estava em mãos fortes que, graças ao enérgico e destemido administrador da Nova Inglaterra, Josiah H. Dunn, manteve alguma ordem e disciplina durante o longo reinado de terror.

Naquele momento, o dia já estava raiando, e uma fila de trabalhadores encaminhava-se para lá devagar, isoladamente ou em grupos, ao longo do caminho enegrecido.

McMurdo e Scanlan caminhavam com os outros, mantendo-se à vista dos homens que eles seguiam. Uma bruma espessa jazia sobre eles, e do meio dela veio o grito repentino de um apito a vapor. Era o aviso de que faltavam dez minutos até as gaiolas descerem, e o trabalho do dia começar.

Quando alcançaram o espaço aberto em volta da mina havia uma centena de mineiros esperando, batendo os pés e soprando ar quente nos dedos, pois estava muito frio.

Os estranhos formavam um pequeno grupo sob a sombra da casa das máquinas. Scanlan e McMurdo subiram em um monte de escória. Ali, estavam diante de toda a cena. Eles viram o engenheiro de minas, um grande escocês barbudo chamado Menzies, sair da casa de máquinas e apitar para as gaiolas serem abaixadas.

No mesmo instante, um jovem alto e desengonçado, de rosto barbeado e semblante sério, avançou avidamente em direção à entrada do poço. Quando ele veio para a frente, seus olhos encontraram o grupo, silencioso e imóvel, sob a casa de máquinas. Os homens tinham abaixado os chapéus e erguido as golas para esconder o rosto. Por um instante, o pressentimento da morte colocou a mão fria no coração do administrador. No seguinte, ele sacudiu a sensação dali e viu apenas seu dever em relação aos estranhos intrometidos.

– Quem são vocês? – ele perguntou enquanto avançava. – Estão vadiando aqui com que objetivo?

Não houve resposta; mas o rapaz Andrews adiantou-se e disparou contra ele na barriga. Os cem mineiros que esperavam ficaram imóveis e impotentes como se estivessem paralisados. O administrador bateu as duas mãos na ferida e se dobrou. Então saiu cambaleando, mas outro dos assassinos também disparou, e ele caiu de lado, esperneando e apalpando com mãos crispadas entre o monte de tijolos. Menzies, o escocês, soltou um rugido diante da visão, e avançou com uma chave de ferro contra os assassinos; porém foi recebido por duas balas na cara que o fizeram tombar ali mesmo, aos pés deles.

Houve uma comoção entre alguns dos mineiros, e um grito inarticulado de pena e raiva; mas dois estranhos esvaziaram os seis disparos de suas armas acima das cabeças da multidão, e eles se separaram e se dispersaram, alguns correndo descontroladamente de volta para suas casas em Vermissa.

Quando alguns dos mais corajosos se reuniram, e houve um retorno à mina, a gangue assassina desapareceu nas brumas da manhã, sem que uma única testemunha pudesse jurar a identidade daqueles homens que, na frente de uma centena de espectadores, forjara aquele crime duplo.

Scanlan e McMurdo voltaram; Scanlan ficou um pouco deprimido, pois era a primeira missão de assassinato que ele via com os próprios olhos, e pareceu menos divertido do que ele fora levado a acreditar. Os gritos horríveis da esposa do administrador morto os perseguiram enquanto corriam para a cidade. McMurdo estava absorto e silencioso, mas não demonstrou simpatia pelo enfraquecimento de seu companheiro.

– É evidente que é como uma guerra – repetiu ele. – O que existe senão uma guerra entre nós e eles, e nós revidamos da melhor forma que podemos.

Naquela noite, uma grande celebração percorria o salão da loja, no sindicato, não apenas em razão do assassinato do administrador e do engenheiro da mina Crow Hill, o que colocaria essa empresa em linha com as outras que eram chantageadas e aterrorizadas naquele distrito, mas também em razão de um triunfo distante que tinha sido forjado pelas mãos da própria loja.

Ao que parecia, quando o Delegado do Condado enviou cinco bons homens para atacar Vermissa, ele exigiu que, em troca, três homens de Vermissa fossem secretamente selecionados e despachados para matar William Hales, de Stake Royal, um dos proprietários de mina mais conhecidos e mais populares no distrito de Gilmerton, um homem que se acreditava não ter um inimigo que fosse no mundo, pois ele era, em todos os sentidos, um empregador modelo. Ele insistia, no entanto, na eficiência do trabalho e, portanto, dispensava certos empregados bêbados e ociosos que também eram integrantes da sociedade todo-poderosa. Ameaças de morte penduradas do lado de fora de sua porta não enfraqueciam sua resolução, e assim, em um país livre e civilizado, ele se viu condenado à morte.

A execução agora tinha sido devidamente concretizada. Ted Baldwin, então sentado no lugar de honra ao lado do mestre, era o líder da festa. Seu rosto corado e olhos vidrados e injetados contavam histórias de insônia e bebida. Ele e seus dois companheiros haviam passado a noite anterior entre as montanhas. Estavam desgrenhados e sujos pelas intempéries do caminho. Contudo, nenhum herói, retornando de uma esperança longínqua, poderia ter recebido boas-vindas mais calorosas de seus companheiros.

A história foi contada e recontada em meio a brados de alegria e gritos de riso. Haviam esperado por seu homem enquanto ele se dirigia para casa ao cair da noite, montando campana no topo de uma colina íngreme, onde seu cavalo deveria passar em caminhada. Ele estava tão encapotado protegendo-se do frio que não conseguiu colocar a mão na pistola. Interceptaram o homem e atiraram nele de novo e de novo. Ele gritara por misericórdia. Os gritos foram repetidos para a diversão da loja.

– Vamos ouvir de novo como ele gritou – clamavam eles.

Ninguém ali conhecia o homem, mas existe um drama eterno em um assassinato, e eles mostraram aos Scowrers de Gilmerton que os homens de Vermissa não estavam de brincadeira.

Houve um contratempo, pois um homem e sua esposa tinham subido enquanto os homens esvaziavam seus revólveres no corpo silencioso. Sugeriu-se que deveriam atirar nos dois; porém, tratava-se de pessoas inofensivas que não estavam ligadas às minas, por isso, foram severamente convidadas a seguir em frente e ficar de bico calado, para que coisa pior não lhes acontecesse. E assim o corpo manchado de sangue havia sido largado ali como uma advertência para todos os empregadores de coração tão duro como o daquela vítima, e os três nobres vingadores tinham corrido para as montanhas onde a natureza ininterrupta descia até a borda dos fornos e as pilhas de escória. Ali estavam eles, sãos e salvos, seu trabalho bem-feito e os aplausos de seus companheiros em seus ouvidos.

Fora um grande dia para os Scowrers. A sombra havia descido ainda mais sobre o vale. Porém, da mesma forma como o general sábio escolhe o momento da vitória no qual redobrar seus esforços, para que seus inimigos não tenham tempo de se estabilizar após o desastre, assim também o chefe McGinty, observando a cena de suas operações com os olhos maliciosos e pensativos, arquitetara um novo ataque sobre aqueles que se opunham a ele. Naquela mesma noite, quando o grupo um tanto ébrio se dispersava, ele tocou McMurdo no braço e o puxou para aquela sala interna na qual tiveram sua primeira conversa.

– Olhe aqui, meu rapaz – disse ele –, finalmente tenho um trabalho à sua altura. Deixarei a execução dele ficar nas suas próprias mãos.

– Fico orgulhoso em ouvir – respondeu McMurdo.

– Vai poder levar dois homens com você, Manders e Reilly. Eles foram alertados para o serviço. Nós nunca estaremos certos neste distrito até que Chester Wilcox tenha sido liquidado, e você terá o agradecimento de todas as lojas nos campos de carvão se puder derrubá-lo.

– Farei o meu melhor, de qualquer forma. Quem é ele e onde eu o encontrarei?

McGinty tirou seu charuto meio mastigado e meio fumado do canto da boca e passou a desenhar o rascunho de um diagrama em uma página arrancada de seu caderno.

– Ele é o chefe dos capatazes da Iron Dike Company. Ele é um cidadão rígido, um velho sargento porta-bandeira da guerra, grisalho e todo cheio de cicatrizes. Fizemos duas tentativas contra ele; mas não tivemos sorte, e Jim Carnaway perdeu a vida por causa disso. Agora você deve assumir o caso. Esta é a casa, sozinha no cruzamento de Iron Dike, como pode ver aqui no mapa, sem nenhuma outra por perto de onde se possa ouvir o que lá acontece. De dia não é bom. Ele está armado e atira rápido e certeiro, sem fazer perguntas. Mas à noite... bem, lá está ele com a esposa, três filhos e uma empregada. Você não pode selecionar ou escolher. É tudo ou nada. Se conseguir colocar um saco de pólvora na porta da frente com um fósforo lento...

– O que o homem fez?

– Eu não falei que ele atirou em Jim Carnaway?

– Por que atirou nele?

– Com mil trovões, o que isso tem a ver com você? Carnaway estava lá pela casa dele à noite, e ele atirou. Isso é suficiente para mim e para você. Você precisa dar o troco.

– Há essas duas mulheres e as crianças. Elas também vão dessa para melhor?

– Terão que ir... caso contrário, como podemos pegá-lo?

– Parece severo demais contra elas, pois não fizeram nada para merecer.

– Que tipo de conversa de tolo é essa? Está pulando fora?

– Calma, conselheiro, calma! O que eu já disse ou fiz para que o senhor ache que eu desejaria me esquivar de cumprir uma ordem do mestre da minha própria loja? Se é certo ou errado, cabe ao senhor decidir.

– Então você vai fazer?

– Claro que vou.

– Quando?

– Bem, é melhor me dar uma noite ou duas para eu ver a casa e fazer meus planos. Então...

– Muito bem – concluiu McGinty, apertando-lhe a mão. – Então deixo ao seu encargo. Será um ótimo dia quando você nos trouxer as notícias. Será o golpe de misericórdia que os deixará todos de joelhos.

McMurdo pensou longa e profundamente sobre a missão que tão de repente fora posta em suas mãos. A casa isolada em que morava Chester Wilcox ficava a cerca de oito quilômetros de distância, em um vale adjacente. Naquela mesma noite, ele seguiu sozinho pelo caminho para preparar o atentado. Já era dia quando ele retornou de sua expedição de reconhecimento. No dia seguinte, ele entrevistou seus dois subordinados, Manders e Reilly, jovens imprudentes que estavam tão exultantes como se fosse uma caça aos cervos.

Duas noites depois, eles se encontraram do lado de fora da cidade, todos os três armados, e um deles carregando um saco cheio com o pó que era usado nas pedreiras. Já passava das duas da manhã quando chegaram à casa solitária. Ventava muito naquela noite, com nuvens fragmentadas soprando rapidamente diante da face de uma lua crescente. Foram advertidos para ficar de alerta contra os cães de caça; então avançaram de modo cauteloso, com as pistolas engatilhadas nas mãos.

No entanto, não havia som nenhum, salvo o uivo do vento, e movimento nenhum além dos galhos oscilando acima deles.

McMurdo ouvia à porta da casa solitária; mas todos ainda estavam lá dentro. Então ele encostou o saco de pólvora contra a porta, rasgou um buraco ali com a faca e prendeu o pavio. Quando estava bem aceso, ele e seus dois companheiros se afastaram e ficaram a certa distância, seguros e acomodados em uma vala protegida, antes que o estrondo destruidor da explosão, com o ronco baixo e profundo do colapso do edifício, dissesse-lhes que o trabalho estava concluído. Nenhum serviço mais limpo jamais fora realizado nos anais manchados de sangue daquela sociedade.

Porém, infelizmente, o serviço tão bem organizado e realizado com coragem não serviu de nada! Alertado pelo destino das variadas vítimas, e sabendo que estava marcado para ser destruído, Chester Wilcox havia se mudado com sua família no dia anterior, para algumas acomodações mais seguras e menos conhecidas, onde um guarda da polícia ficaria vigiando-os. A pólvora derrubara uma casa vazia, e o sargento porta-bandeira continuou a ensinar disciplina aos mineiros de Iron Dike.

– Deixe-o comigo – avisou McMurdo. – Esse homem é meu, e certamente vou pegá-lo nem que tenha que esperar um ano por ele.

Um voto de agradecimento e confiança foi transmitido em plena loja, e, assim, por ora, o assunto foi encerrado. Quando, algumas semanas depois, os jornais relataram que Wilcox fora alvejado por uma emboscada, era um segredo público que McMurdo continuava trabalhando em seu serviço inacabado.

Tais eram os métodos da Sociedade de Homens Livres, e tais eram os feitos dos Scowrers, pelos quais eles espalhavam seu domínio de medo sobre o grande e rico distrito que, havia tanto tempo, era assombrado por sua terrível presença. Por que essas páginas deveriam ser manchadas por outros crimes? Já não contei o suficiente para mostrar os homens e seus métodos?

Esses feitos estão escritos na história e há registros onde se pode ler seus detalhes. Ali, pode-se tomar conhecimento do assassinato a tiros dos policiais Hunt e Evans, porque eles se aventuraram a prender dois integrantes da sociedade: um duplo atentado planejado na loja de Vermissa e realizado a sangue-frio contra dois homens desarmados e desamparados. Também se pode ler sobre a morte da sra. Larbey, também a tiros, enquanto ela cuidava da recuperação do marido, que havia sido espancado até quase a morte por ordens do chefe McGinty. O assassinato do ancião Jenkins, logo seguido pelo de seu irmão, a mutilação de James Murdoch, a explosão da família Staphouse e o assassinato dos Stendal: todos se sucederam naquele mesmo inverno terrível.

A sombra soturna encobria o Vale do Medo. A primavera chegara a riachos de correnteza e árvores em flor. Havia esperança para toda a natureza presa por tanto tempo em garras ferrenhas; mas em nenhum lugar existia qualquer esperança para os homens e mulheres que viviam sob o jugo do terror. Nunca a nuvem acima deles esteve tão escura e sem esperança quanto no início do verão de 1875.

Capítulo 6

• Perigo •

Fra o auge do reinado de terror. McMurdo, que já tinha sido nomeado como o Diácono Interno, com todas as perspectivas de algum dia suceder McGinty como mestre da ordem, era agora tão necessário nas assembleias de seus camaradas que nada era feito sem sua ajuda e conselho. No entanto, quanto mais popular ele se tornava com os Homens Livres, mais negras eram as carrancas que o saudavam quando ele passava pelas ruas de Vermissa. Apesar do terror que sentiam, os cidadãos estavam ansiosos para se unir contra seus opressores. Havia chegado à loja rumores que falavam de reuniões secretas no escritório do *Herald* e de distribuição de armas de fogo entre o povo cumpridor da lei. Porém, McGinty e seus homens não se perturbaram por tais relatórios. Eles eram numerosos, resolutos e bem armados. Seus oponentes estavam dispersos e eram indefesos. Tudo terminaria, como no passado, em conversas sem sentido e, possivelmente, em detenções impotentes. Assim diziam McGinty, McMurdo e todos os espíritos mais audaciosos.

Era uma noite de sábado, no mês de maio. Os sábados eram sempre as noites da loja, e McMurdo saía de sua casa para comparecer quando Morris, o irmão mais fraco da ordem, veio visitá-lo. Sua testa estava enrugada de preocupação, e seu rosto gentil parecia abatido e extenuado.

– Posso lhe falar abertamente, sr. McMurdo?

– Claro.

– Não posso esquecer que abri meu coração com o senhor uma vez, e que guardou aquilo para si, mesmo que o próprio chefe tenha vindo para inquirir.

– O que mais eu poderia fazer se o senhor confiou em mim? Não quer dizer que eu tenha concordado com o que disse.

– Eu sei bem disso, mas o senhor é o único com quem eu posso falar em segurança. Tenho um segredo aqui – ele colocou a mão no peito –, e está consumindo a vida de dentro de mim. Gostaria que isso tivesse chegado à qualquer um de vocês, menos a mim. Se eu contar, a ação resultará em assassinato, com certeza. Se não contar, pode trazer o fim de todos nós. Deus me ajude, porém estou quase ficando louco!

McMurdo olhou para o homem com sinceridade. O velho estava tremendo da cabeça aos pés. Então serviu um pouco de uísque em um copo e entregou a ele.

– Este é o remédio para gente como o senhor – proferiu. – Agora, deixe-me ouvir a respeito.

Morris bebeu, e seu rosto branco assumiu um tom de cor.

– Posso lhe falar tudo em apenas uma frase – resumiu ele. – Há um detetive em nosso rastro.

McMurdo o encarou com espanto.

– Ora, homem, está é louco – ele reagiu. – Este lugar não está cheio de policiais e detetives? E que mal alguma vez eles já fizeram contra nós?

– Não, não, não é homem deste distrito. Como diz, nós os conhecemos, e existe pouco que eles possam fazer. Mas já ouviu falar dos Pinkerton?

– Já li alguma coisa sobre gente com esse nome.

– Bem, acredite em mim quando digo que não há nada o que se possa fazer quando eles estão no rastro de alguém. Não é simplesmente uma preocupação de governo. É uma proposta séria e sincera de negócio que sai em busca de resultados e fica fora custe o que custar, até conseguir o que almeja. Se um homem dos Pinkerton está metido nessa missão, estamos todos destruídos.

– Temos que matá-lo.

– Ah, é o primeiro pensamento que lhe ocorre! Então chegará até a loja. Eu não falei que acabaria em assassinato?

– Claro, o que é assassinato? Não é algo comum o bastante nessas bandas?

– É sim, de fato; no entanto não cabe a mim apontar o homem que será assassinado. Eu nunca mais conseguiria ficar tranquilo. E, no entanto, é nosso próprio pescoço que pode estar em jogo. Em nome de Deus, o que devo fazer? – Ele oscilou para frente e para trás em sua agonia de indecisão.

Porém, suas palavras haviam mexido com McMurdo profundamente. Era fácil ver que ele compartilhava a opinião do outro sobre o perigo e a necessidade de enfrentá-lo. McMurdo segurou o ombro de Morris e o sacudiu em sua seriedade.

– Olhe aqui, homem! – ele exclamou, quase berrou as palavras em sua agitação. – Não vai ganhar nada sentado aí se lamentando como uma velha viúva em um velório. Vamos abordar os fatos. Quem é o sujeito? Onde ele está? Como ficou sabendo dele? Por que veio até mim?

– Eu vim até o senhor, pois é o homem que poderia me aconselhar. Contei-lhe que tinha uma história no Leste antes de vir para cá. Deixei bons amigos para trás, e um deles trabalha no serviço de telégrafo. Aqui está a carta que eu recebi dele ontem. É parte do topo da página. O senhor pode ler por si mesmo.

Foi isso o que McMurdo leu:

Como vão os Scowrers na sua região? Lemos muitos sobre eles nos jornais. Cá entre nós, eu espero ter notícias suas em breve. Cinco grandes corporações e as duas ferrovias levaram a coisa a sério. Eles não estão de brincadeira, e você pode apostar que eles vão conseguir! Eles já estão muito envolvidos nisso. Os Pinkerton estão no caso, sob as ordens deles, e seu melhor homem, Birdy Edwards, está operando. É preciso encerrar essa história agora mesmo.

– Agora leia o pós-escrito.

Claro, o que lhe digo é o que fiquei sabendo durante o trabalho; então não vai mais longe. É uma cifra estranha manipulada aos metros todos os dias e de onde não conseguimos encontrar nenhum significado.

McMurdo ficou em silêncio por algum tempo, com a carta nas mãos inquietas. A névoa se dissipara por um momento e havia o abismo diante dele.

– Alguém mais sabe disso? – perguntou ele.

– Não contei a mais ninguém.

– Mas esse homem, seu amigo, ele tem alguma outra pessoa que provavelmente escreveria?

– Bem, ouso dizer que ele conhece mais um ou dois.

– Da loja?

– É bem provável.

– Eu estava perguntando porque é provável que ele tenha feito uma descrição desse sujeito, Birdy Edwards, assim poderíamos encontrar o rastro dele.

– Bem, isso é possível. Mas eu não pensaria que ele o conhecia. Ele só está me contando a notícia que chegou a ele por meio do trabalho. Como ele conheceria esse homem dos Pinkerton?

McMurdo teve um sobressalto violento.

– Por Deus! – ele gritou. – Já sei. Como fui tolo em não saber. Senhor! Mas estamos com sorte! Vamos dar um jeito antes que ele possa causar algum mal. Olhe aqui, Morris, quer deixar isso nas minhas mãos?

– Claro, contanto que tire das minhas.

– Eu farei isso. Pode se afastar e deixar que eu cuide de tudo. Nem mesmo seu nome precisa ser mencionado. Vou assumir tudo, como se a carta tivesse chegado a mim. Isso o deixaria contente?

– É exatamente o que eu pediria.

– Então deixe assim e mantenha a cabeça despreocupada. Agora vou até a loja, e logo vamos fazer o velho Pinkerton sentir pena de si mesmo.

– O senhor não mataria esse homem, mataria?

– Quanto menos souber, amigo Morris, mais tranquila sua consciência estará e melhor o senhor dormirá. Não faça perguntas e deixe essas coisas se resolverem. Agora eu assumirei o problema.

Morris balançou a cabeça com tristeza enquanto saía.

– Sinto que o sangue dele está em minhas mãos – ele gemeu.

– A autoproteção não é assassinato, de qualquer forma – retrucou McMurdo, sorrindo de modo sombrio. – É ele ou nós. Acho que esse homem destruiria todos nós se o deixássemos por tempo suficiente no vale. Ora, irmão Morris, nós ainda vamos ter que elegê-lo mestre, pois decerto o senhor salvou a loja.

E, no entanto, ficou claro, a partir de suas ações, que ele pensava com mais seriedade nessa nova intromissão do que suas palavras mostravam. Podia ser sua consciência culpada, podia ser a reputação da organização dos Pinkerton, podia ser o conhecimento de que grandes e ricas corporações tinham se encarregado de erradicar os Scowrers; mas, qualquer que fosse o motivo, suas ações eram as de um homem que estava se preparando para o pior. Qualquer papel que pudesse incriminá-lo foi destruído antes que ele saísse de casa. Depois disso, ele emitiu um longo suspiro de satisfação, pois parecia-lhe que estava em segurança. O perigo ainda devia estar pressionando um pouco sobre McMurdo, porque, a caminho da loja, ele parou na pensão do velho Shafter. A casa lhe fora proibida; mas quando ele bateu na janela, Ettie saiu para vê-lo. A dançante travessura irlandesa tinha desaparecido dos olhos de seu amante. Ela era capaz de ler sobre o perigo que ele corria no rosto sincero.

– Aconteceu alguma coisa! – ela exclamou. – Oh, Jack, você está correndo perigo!

– Decerto não é muito ruim, meu amor. Mas pode ser sensato que tomemos uma atitude antes que fique pior.

– Tomar uma atitude?

– Um dia eu lhe prometi que iria partir. Acho que esse momento está chegando. Recebi más notícias esta noite, más notícias e vejo problemas se aproximando.

– A polícia?

– Bem, um Pinkerton. Mas, claro, você não saberia o que é isso, *acushla*, nem o que pode significar para mim. Estou muito envolvido nisso tudo e posso ter que sair depressa. Você disse que viria comigo se eu fosse.

– Oh, Jack, seria a sua salvação!

– Sou um homem honesto em algumas situações, Ettie. Eu não faria mal a um fio de sua bela cabeça por nada no mundo, nem afastaria você um centímetro que fosse de seu trono dourado acima das nuvens onde eu sempre a vejo. Você confia em mim?

Ela colocou a mão na dele sem dizer uma palavra.

– Bem, então ouça o que digo, e faça o que lhe ordeno, pois, de fato, é a única saída para nós. Coisas vão acontecer neste vale. Sinto isso nos meus ossos. Pode haver muitos de nós que terão de cuidar da própria pele. Eu sou um deles, de qualquer forma. Se eu partir, de dia ou de noite, é você quem deve vir comigo!

– Eu iria atrás de você, Jack.

– Não, não, você *virá comigo*. Se este vale está fechado para mim e eu nunca poderei voltar, como posso deixá-la para trás, e eu talvez escondido da polícia sem nunca ter uma chance de mensagem? É comigo que você deve vir. Eu conheço uma boa mulher no lugar de onde venho, e é lá que deixarei você até que possamos nos casar. Você virá?

– Sim, Jack, eu irei.

– Deus a abençoe por sua confiança em mim! Eu deveria ser um demônio do inferno se abusasse da sua confiança. Agora, não esqueça, Ettie, será apenas uma palavra para você, e quando chegar, deve largar tudo e seguir diretamente para a sala de espera no depósito e ficar lá até que eu vá até você.

– Dia ou noite, eu partirei assim que receber a palavra, Jack.

Com a mente um pouco aliviada, agora que seus próprios preparativos para a fuga haviam sido iniciados, McMurdo foi até a loja. Os homens já estavam reunidos, e apenas por senhas e contrassenhas complicadas ele conseguiu atravessar a guarda externa e a guarda interna que a cercava. Um murmúrio de prazer e boas-vindas o recebeu quando ele entrou. A longa sala estava apinhada e, através da névoa de fumaça de tabaco, ele viu a emaranhada juba preta do mestre, as feições cruéis e hostis de Baldwin, o rosto de abutre de Harraway, o secretário, e uma dúzia de outros que estavam entre os líderes da loja. Alegrou-se ao ver que todos estavam lá para discutir a notícia que ele trazia.

– De fato, estamos felizes em vê-lo, irmão! – exclamou o presidente. – Há negócios aqui que requerem o julgamento de Salomão.

– É Lander e Egan – explicou o vizinho, quando McMurdo se sentou. – Ambos reivindicam a recompensa oferecida pela loja pelo assassinato do velho Crabbe em Stylestown, e quem pode dizer quem disparou o projétil?

McMurdo levantou-se em seu lugar e ergueu a mão. A expressão de seu rosto congelou a atenção do público. Houve um silêncio de expectativa.

– Eminente mestre – ele disse, em tom solene –, eu reivindico urgência!

– O irmão McMurdo reivindica urgência – replicou McGinty. – É uma reivindicação que, pelas regras desta loja, tem precedência. Agora, irmão, nós o atenderemos.

McMurdo pegou a carta do bolso.

– Eminentes mestre e irmãos – proferiu –, no dia de hoje, sou portador de más notícias; contudo é melhor que o assunto seja conhecido e discutido do que um golpe nos atinja sem aviso, o que destruiria a todos nós. Tenho informações de que as organizações mais poderosas e ricas deste estado se uniram para a nossa destruição e que, neste exato momento, há um detetive dos Pinkerton, um certo Birdy Edwards, trabalhando no vale, coletando evidências que podem colocar uma corda ao redor do pescoço de muitos de nós e mandar todos os homens nesta sala para uma cela de criminosos. Essa é a situação que trago para a discussão em caráter de urgência.

Houve um silêncio mortal na sala. Foi quebrado pelo presidente.

– Qual prova você tem a oferecer a isso, irmão McMurdo? – ele questionou.

– Está nesta carta que chegou às minhas mãos – revelou McMurdo.

Ele leu a passagem em voz alta.

– É para mim uma questão de honra segundo a qual não posso fornecer mais detalhes sobre a carta, nem a colocar nas suas mãos; apesar disso, garanto-lhe que não há nada nela que possa afetar os interesses da loja. Trago o caso perante vocês da forma como chegou a mim.

– Deixe-me dizer, sr. presidente – falou um dos irmãos mais velhos –, que já ouvi falar de Birdy Edwards, e que ele tem a fama de ser o melhor homem a serviço dos Pinkerton.

– Alguém o conhece de vista? – perguntou McGinty.

– Sim – declarou McMurdo –, eu o conheço.

Houve um murmúrio de surpresa por todo o salão.

– Acredito que nós o temos na palma da nossa mão – ele continuou com um sorriso exultante no rosto. – Se agirmos com rapidez e sabedoria, podemos cortar esse mal pela raiz. Se eu tiver a sua confiança e a sua ajuda, é pouco o que temos a temer.

– E o que temos a temer, afinal? O que ele pode saber dos nossos assuntos?

– Seria possível dizer isso se tudo fosse tão firme e estável quanto o senhor, conselheiro. Mas esse homem tem todos os milhões de capitalistas dando cobertura nas costas dele. Acha que não existe um irmão mais fraco dentre todas as nossas lojas que não poderia ser comprado? Ele vai chegar aos nossos segredos... talvez já tenham chegado. Existe apenas uma cura segura.

– Que ele nunca saia do vale – afirmou Baldwin.

McMurdo assentiu com a cabeça.

– Bom para você, irmão Baldwin – ele disse. – Nós já tivemos nossas diferenças, mas você disse a palavra verdadeira esta noite.

– Onde ele está, então? Onde nós o encontraremos?

– Eminente mestre – falou McMurdo, sinceramente –, eu lhe diria que esse assunto é vital demais para nós discutirmos em plena loja. Deus não permita que eu deva lançar uma dúvida sobre qualquer pessoa aqui; mas se uma palavra que seja de fofoca chegar aos ouvidos desse homem, haverá um empecilho para qualquer chance nossa de pegá-lo. Gostaria de pedir à loja que escolha um comitê de confiança, sr. presidente. O senhor, se me permite sugerir, o irmão Baldwin aqui, e mais cinco pessoas. Aí então poderei falar à vontade a respeito do que sugiro que seja feito.

A proposta foi adotada imediatamente, e o comitê foi escolhido. Além do presidente e de Baldwin, havia o secretário de cara de abutre, Harraway, Tigre Cormac, o jovem assassino brutal,

Carter, o tesoureiro, e os irmãos Willaby, homens destemidos e desesperados que se prontificariam a fazer qualquer coisa.

A folia habitual da loja foi curta e sem muito entusiasmo, pois uma nuvem pairava sobre o espírito dos homens, e muitos ali, pela primeira vez, começaram a ver a nuvem da lei da vingança soprando sobre aquele céu sereno debaixo do qual eles tinham habitado por tanto tempo. Os horrores que eles haviam infligido contra outrem era uma parte tão grande de suas vidas estabelecidas que o mero pensamento de retaliação agora tinha se tornado remoto e, portanto, parecia mais alarmante agora, que chegava tão perto deles. Os irmãos se despediram mais cedo do que o normal e deixaram seus líderes em reunião.

– Agora, McMurdo! – incitou McGinty, quando estavam a sós. Os sete homens estavam sentados imóveis em seus lugares.

– Acabei de falar que conheci Birdy Edwards – explicou McMurdo. – Não preciso lhes dizer que ele não está aqui usando esse nome. Ele é um homem corajoso, mas não um louco. Ele se passa sob o nome de Steve Wilson, e está alojado em Hobson's Patch.

– Como sabe disso?

– Porque travei conversa com ele. Não pensei muita coisa na época, e também não pensei duas vezes na situação antes desta carta; mas agora tenho certeza de que é o homem. Eu o encontrei nos vagões quando peguei a linha férrea na quarta-feira, um caso complicado, se é que algum dia houve um caso. Ele disse que era repórter. Naquele momento, eu acreditei. Queria saber tudo o que pudesse sobre os Scowrers, e o que ele chamava de "os atentados", para um jornal de Nova York. Ele me fez todo tipo de pergunta como se para realizar um objetivo. Pode apostar que eu não entreguei nenhuma informação. "Eu poderia pagar e pagaria bem", disse ele, "Se eu pudesse conseguir algumas coisas que conviessem ao meu editor." Falei o que achei que fosse mais agradá-lo, e ele me entregou uma nota de vinte dólares pelas minhas informações. "Há dez vezes mais do que isso para o senhor", disse ele, "Se puder me dizer tudo o que desejo."

– E então o que você disse a ele?

– Tudo o que eu consegui inventar.

– Como sabe que ele não era um homem de jornal?

– Vou lhe dizer. Ele desembarcou em Hobson's Patch, e eu também. Por um acaso eu entrei no escritório do telégrafo e ele estava saindo de lá. "Veja só", disse o operador depois que ele saíra, "eu acho que deveríamos cobrar tarifa dupla por isso." E eu disse: "Acho que deveriam mesmo". Ele havia preenchido um formulário com uma linguagem que mais parecia ser chinês, até onde eu sabia. "Ele dispara uma folha disso aqui todos os dias", disse o funcionário. "Sim?", disse eu. "É notícia especial para o jornal dele. O sujeito teme que outros possam interceptar." Isso foi o que o operador pensou e o que eu pensei na época; mas agora minha opinião é diferente.

– Por Deus! Acredito que você está certo – opinou McGinty.

– Mas o que você pensa que devamos fazer quanto a isso?

– Por que não ir até lá e dar um jeito nele? – Alguém sugeriu.

– Sim, quanto antes melhor.

– Eu começaria neste próximo minuto se soubesse onde poderíamos encontrá-lo – observou McMurdo. – Ele está em Hobson's Patch, mas não sei em que casa. Porém, tenho um plano, se desejarem aceitar meu conselho.

– Bem, e qual é?

– Eu vou a Patch amanhã de manhã. Irei encontrá-lo por intermédio do operador. Ele pode localizá-lo, eu acho. Bem, então vou lhe dizer que eu mesmo sou um Homem Livre. Vou oferecer a ele todos os segredos da loja por um preço. Pode apostar que ele vai cair nessa. Direi a ele que os papéis estão na minha casa, e que custaria a minha vida deixá-lo ir lá, enquanto houvesse gente por perto. Ele verá o bom senso nisso. Vou dizer que venha às dez horas da noite, e ele poderá ver tudo. Isso o atrairá, com certeza.

– E então?

– Vocês poderão planejar o resto por si mesmos. A casa da viúva MacNamara é uma casa solitária. Ela é confiável como aço e surda como um poste. Há apenas Scanlan e eu na casa. Se eu conseguir a promessa dele, e eu os informarei se conseguir, terei vocês sete na minha casa às nove horas. Vamos colocá-lo para dentro. Se por acaso ele sair vivo; bem, poderemos falar da sorte de Birdy Edwards pelo resto dos nossos dias!

– Haverá uma vaga aberta na Pinkerton, ou estou muito enganado. Deixe assim, McMurdo. Às nove da noite amanhã, estaremos com você. Assim que fechar a porta atrás dele, pode deixar o resto conosco.

Capítulo 7

• A captura de Birdy Edwards •

Como McMurdo tinha dito, a casa em que ele vivia era solitária e muito bem adequada para tal crime, como eles haviam planejado. Ficava nos limites da cidade e era afastada da estrada. Em qualquer outro caso, os conspiradores teriam simplesmente gritado chamando o homem, como tinham feito muitas vezes antes, e esvaziariam as pistolas contra o corpo dele; mas naquela ocasião, era necessário descobrir o quanto ele sabia, como ele sabia e o que havia sido transmitido para seus empregadores.

Era possível que eles já estivessem atrasados demais e que o trabalho fora concluído. Se, de fato, esse fosse o caso, eles pelo menos poderiam conseguir sua vingança contra o homem que o tinha feito. Contudo, tinham esperanças de que nada de grande importância já tivesse chegado ao conhecimento do detetive, pois, caso contrário, ele não teria se incomodado em escrever e despachar informações tão triviais quanto as que McMurdo alegava ter contado a ele. No entanto, tudo isso eles ficariam sabendo dos próprios lábios de Birdy. Uma vez em seu poder, encontrariam uma maneira de fazê-lo falar. Não foi a primeira vez que eles cuidavam de uma testemunha relutante.

McMurdo foi a Hobson's Patch conforme tinham combinado. A polícia pareceu ter particular interesse por ele naquela manhã, e o capitão Marvin – aquele que tinha afirmado ser um velho conhecido de Chicago – inclusive chegou a abordá-lo enquanto ele aguardava na estação. McMurdo se virou e se recusou a falar com ele. Ele estava de volta de sua missão naquela tarde, e viu McGinty na sede do sindicato.

– Ele virá – disse ele.

– Que bom! – falou McGinty.

O gigante estava em mangas de camisa, com correntes cruzadas e pingentes reluzindo sobre seu colete amplo e um diamante brilhando através da franja da sua barba eriçada.

Bebidas e política tinham feito do chefe um homem muito rico, além de poderoso. O mais terrível, portanto, parecia aquele vislumbre da prisão ou do cadafalso que tinha crescido diante dele na noite anterior.

– Você acha que ele sabe muito? – ele perguntou ansioso.

McMurdo abanou a cabeça tristemente.

– Ele está por aqui já há algum tempo, seis semanas pelo menos. Acho que ele não veio para essas bandas a fim de admirar a vista. Se ele tem trabalhado entre nós esse tempo todo com o dinheiro da ferrovia nas costas, era de se esperar que ele tivesse resultados, e que ele já os passou para frente.

– Não há um homem fraco na loja! – gritou McGinty. – Todos de confiança, todos aqueles homens. E ainda assim, pelo Senhor! Há aquele asqueroso Morris. O que tem ele? Se algum homem nos entregar, será ele. Estou com vontade de enviar dois dos rapazes até lá para lhe dar uma surra antes do anoitecer e ver o que conseguem arrancar dele.

– Bem, não haveria mal nenhum nisso – respondeu McMurdo. – Não nego que tenho apreço por Morris e que lamentaria vê-lo se machucar. Ele falou comigo uma ou duas vezes sobre assuntos da loja, e embora não tenha a mesma opinião que eu ou o senhor, ele nunca seria do tipo de homem que dá com a língua nos dentes. Mas ainda assim, não cabe a mim me colocar entre ele e o senhor.

– Vou dar uma lição naquele velho diabo! – vociferou McGinty com um palavrão. – Já fiquei de olho nele no passado.

– Bem, o senhor sabe a respeito disso melhor do que ninguém – respondeu McMurdo.

– Mas faça o que deve ser amanhã, pois temos que nos manter ocultos até o assunto dos Pinkerton ter sido resolvido. Não podemos nos dar ao luxo de ter a polícia bisbilhotando hoje, dentre todos os dias.

– Tem razão – disse McGinty. – E vamos descobrir com o próprio Birdy Edwards onde foi que ele conseguiu essa notícia, nem que tenhamos que lhe arrancar o coração antes. Ele parecia farejar uma armadilha?

McMurdo riu.

– Acho que eu o apanhei pelo ponto fraco – ele acrescentou. – Se ele conseguir um bom rastro dos Scowrers, ele está pronto para segui-lo até o inferno. Peguei o dinheiro dele – McMurdo sorriu e mostrou um maço de notas de dólar –, e muito mais quando tiver visto todos os meus papéis.

– Que papéis?

– Bem, não há papéis. Mas eu o enchi de informações sobre constituições e livros de regras e formulários de associação. Ele espera chegar ao centro de tudo antes de partir.

– Palavra, ele está bem próximo – disse McGinty, em tom sombrio. – Ele não perguntou por que você não trouxe os papéis para ele?

– Perguntou, mas eu disse que não carrego esse tipo de coisa sendo um homem suspeito; e que hoje mesmo o capitão Marvin falou comigo no depósito!

– Sim, fiquei sabendo disso – falou McGinty. – Acho que o lado mais pesado desse negócio todo está caindo sobre você. Podíamos jogá-lo dentro de um duto de ventilação velho quando tivermos acabado com ele; mas não importa de que forma vamos resolver isso, não conseguiremos fazer nada diferente sem ter seu companheiro de Hobson's Patch e você lá hoje.

McMurdo encolheu os ombros.

– Se cuidarmos disso do jeito certo, eles nunca vão provar a morte – avaliou ele. – Ninguém poderá vê-lo sair da casa à noite e eu apostaria que ninguém vai vê-lo chegar. Agora veja só, conselheiro, vou lhe mostrar meu plano e peço que encaixe os outros no esquema. Todos vocês chegarão em boa hora. Muito bem. Ele chega às dez. O homem deve bater três vezes e eu abrirei a porta para ele. Então vou ficar atrás de Birdy e fechar a porta. Depois disso, ele será nosso. É tudo muito fácil e simples.

– Sim; mas o próximo passo necessita ser considerado. Ele é um enigma difícil. Está fortemente armado. Eu o enganei muito bem, porém, é provável que ele esteja de guarda. Suponhamos que eu o leve diretamente para uma sala com sete homens dentro de onde ele esperava me encontrar sozinho. Haverá uma troca de tiros, e alguém vai sair ferido.

– De fato.

– E o barulho vai atrair todos os malditos policiais da cidade contra ele.

– Acho que você está certo.

– É assim que eu deveria trabalhar. Vocês ficarão na sala grande, a mesma que o senhor viu quando veio conversar comigo. Vou abrir a porta para ele, levá-lo à sala ao lado da porta, e deixá-lo ali até eu buscar os papéis. Isso me dará a chance de lhes dizer como as coisas estão caminhando. Então vou voltar a Birdy com alguns papéis falsos. Enquanto os estiver lendo, vou investir contra ele e prender o braço que usa para atirar. Vocês vão me ouvir gritar e entrarão correndo. Quanto mais rápido melhor, pois ele é um homem tão forte quanto eu, e pode ser que seja mais do que eu possa dar conta. Mas garanto que consigo segurá-lo até vocês virem.

– É um bom plano – reagiu McGinty. – A loja ficará em dívida com você por isso. Creio que quando eu deixar a presidência, posso indicar um nome para o homem que virá depois de mim.

– Claro, conselheiro, sou pouco mais do que um recruta – disse McMurdo, mas seu rosto mostrava o que ele achava do elogio do grande homem.

Quando ele voltou para casa, fez seus próprios preparativos para a noite sombria que o aguardava. Primeiro ele limpou, lubrificou e carregou seu revólver Smith & Wesson. Então ele inspecionou a sala em que o detetive seria aprisionado. Era um apartamento grande, com uma longa mesa de madeira clara no centro e o grande fogão em um lado. Em cada um dos outros lados tinha janelas. Não havia venezianas sobre elas: apenas cortinas leves que eram puxadas. McMurdo examinou-as com atenção. Sem dúvida, deve ter percebido que o apartamento era muito exposto para uma reunião tão secreta. No entanto, sua distância da estrada tornava-a menos importante. Finalmente, ele discutiu o assunto com seu colega inquilino. Scanlan, embora um Scowrer, era um homem inofensivo que era fraco demais para se posicionar contra a opinião de seus companheiros, mas secretamente ficava horrorizado com os atos sangrentos, os quais ele, às vezes, tinha sido forçado a assistir. McMurdo disse-lhe com brevidade o que se pretendia fazer.

– E se eu fosse você, Mike Scanlan, eu tiraria uma noite de folga e ficaria longe disso tudo. Vai acontecer um trabalho sangrento aqui antes do amanhecer.

– Bem, então sim, Mac – Scanlan respondeu. – Não é a vontade, mas a coragem que me falta. Quando vi o gerente Dunn tombar naquela mina, foi simplesmente mais do que eu poderia suportar. Não sou feito para isso tanto quanto você ou McGinty. Se a loja não me considerar menor por isso, vou fazer exatamente como você me aconselha e deixá-los por essa noite.

Os homens vieram em boa hora conforme combinado. Por fora, eram cidadãos respeitáveis, bem-vestidos e limpos; mas um juiz de faces teria lido pouca esperança para Birdy Edwards naquelas bocas duras e olhos sem remorso. Não havia um homem na sala cujas mãos não tivessem sido manchadas de vermelho uma dúzia de vezes antes. Eles eram tão endurecidos para o assassinato humano quanto um açougueiro em relação a ovelhas.

Acima de tudo, claro, tanto na aparência e na culpa, estava o chefe formidável. Harraway, o secretário, era um homem magro e amargo, com um pescoço longo e descarnado e com pernas nervosas e espasmódicas, um homem de fidelidade incorruptível no que dizia respeito às finanças da ordem, mas sem noção de justiça ou honestidade para qualquer um fora dela. O tesoureiro, Carter, era um homem de meia-idade, com uma expressão impassível e um pouco mal-humorada e uma pele de pergaminho amarelo. Ele era um organizador capaz, e os detalhes reais de quase todos os atentados haviam surgido de seu cérebro conspirador. Os dois Willaby eram homens de ação, ágeis, altos, jovens com rostos determinados, enquanto que seu companheiro, Tigre Cormac, um jovem pesado e moreno era temido inclusive por seus companheiros, devido à ferocidade de sua disposição. Esses eram os homens que se reuniram naquela noite sob o teto de McMurdo para o assassinato do detetive dos Pinkerton.

Seu anfitrião tinha colocado uísque em cima da mesa, e eles se apressaram a se preparar para fazer o trabalho que esperava por eles. Baldwin e Cormac já estavam meio bêbados, e a bebida tinha salientado toda a sua ferocidade. Cormac colocou as mãos sobre o fogão por um instante – havia sido aceso, pois as noites ainda eram frias.

– Isso vai servir – disse ele, com uma blasfêmia.

– Sim – concordou Baldwin, captando a mensagem. – Se ele for preso a isso, conseguiremos arrancar a verdade dele.

– Nós vamos conseguir arrancar a verdade dele, não temam – afirmou McMurdo.

Ele tinha nervos de aço, esse homem; pois, embora o peso todo do assunto estivesse sobre suas costas, seu jeito era frio e despreocupado como sempre. Os outros notaram e elogiaram.

– Você é o homem para lidar com ele – elogiou o chefe, satisfeito. – O detetive não terá nem um alerta sequer até você lhe colocar as mãos na garganta. É uma pena que não existam persianas nas suas janelas.

McMurdo passou de uma para a outra e puxou as cortinas para fechá-las melhor. Já estava em cima da hora.

– Talvez ele não venha. Talvez ele fareje o perigo – objetou o secretário.

– Ele virá, não temam – McMurdo respondeu. – Birdy está tão ansioso para vir quanto vocês estão para vê-lo. Ouçam!

Todos ficaram sentados como figuras de cera, alguns com os copos suspensos a meio caminho dos lábios. Três batidas altas haviam soado na porta.

– Silêncio! – McMurdo ergueu a mão em alerta.

Um olhar exultante percorreu o círculo, e mãos foram pousadas sobre armas escondidas.

– Pela vida de vocês, nem um pio sequer! – murmurou McMurdo, ao sair da sala, fechando a porta com cuidado atrás de si.

Com ouvidos apurados, os assassinos esperavam. Eles contaram os passos do companheiro pelo corredor. Então o ouviram abrir a porta externa. Houve algumas poucas palavras de saudação. Então eles perceberam um passo estranho dentro da casa, e uma voz desconhecida. Um instante depois, veio a batida da porta e o giro da chave na fechadura. A presa estava segura dentro da armadilha. Tigre Cormac deu uma risada horrível, e o chefe McGinty lhe cobriu a boca com a mão grande.

– Quieto, seu tolo! – ele sussurrou. – Você ainda vai ser a ruína de todos nós!

Ouviu-se um murmúrio de conversa vindo da sala ao lado. Parecia interminável. Então a porta se abriu, e McMurdo apareceu, seu dedo sobre os lábios.

Ele chegou à extremidade da mesa e olhou para eles. Uma mudança sutil tinha se apoderado dele. Sua atitude era a de um homem que tinha um grande trabalho a fazer. Seu rosto se fixou em firmeza de granito. Seus olhos brilhavam com uma emoção feroz atrás dos óculos. Havia se tornado um líder visível dos homens. Eles o fitavam com um interesse ansioso, mas McMurdo não disse nada. Ainda com o mesmo olhar singular, ele olhou de homem para homem.

– E então! – gritou o chefe McGinty, enfim. – Ele está aqui? Birdy Edwards está aqui?

– Sim – McMurdo respondeu devagar. – Birdy Edwards está aqui. Eu sou Birdy Edwards!

Dez segundos depois desse breve discurso parecia que a sala estava vazia, tão profundo era o silêncio. O assobio de uma chaleira em cima do fogão elevou-se, estridente ao ouvido. Sete rostos pálidos, todos voltados para cima olhando aquele homem que os dominava, ficaram imóveis com um terror absoluto. Então, com um súbito tremor de vidro, canos de espingarda reluzentes apontaram em riste através de cada janela, enquanto as cortinas eram arrancadas do trilho.

Diante da visão, o chefe McGinty emitiu um urro de urso ferido e mergulhou para a porta entreaberta. O cano reluzente de um revólver o encontrou ali e, atrás dele, os olhos azuis e severos do capitão Marvin da Polícia de Minas. O chefe recuou e caiu de novo em sua cadeira.

– O senhor está mais seguro aí, conselheiro – revidou o homem que eles conheciam como McMurdo. – E você, Baldwin, se não tirar a mão da pistola, vai economizar um encontro com o carrasco. Tire-a do bolso, ou por Deus, que me fez... Isso, assim é melhor. Há quarenta homens armados nesta casa, e você pode descobrir por si mesmo que chance você tem. Pegue as pistolas, Marvin!

Não havia resistência possível sob a ameaça daquelas espingardas. Os homens foram desarmados. Mal-humorados, encabulados e impressionados, todos ainda estavam sentados ao redor da mesa.

– Eu gostaria de lhes dizer uma palavra antes de nos separarmos – falou o homem que os havia aprisionado. – Acho que podemos não nos encontrar novamente até vocês me verem prestando depoimento no tribunal. Vou lhes dar algo em que pensar nesse meio-tempo. Vocês me conhecem pelo que eu sou. Por fim, posso colocar minhas cartas na mesa. Sou Birdy Edwards dos Pinkerton. Fui escolhido para acabar com a sua gangue. Eu tinha um jogo perigoso e difícil para jogar. Não uma alma sequer, nem uma alma sequer, nem meus mais próximos e queridos, sabia o que eu estava jogando. Apenas o capitão Marvin aqui e meus empregadores tinham ciência. Mas tudo acabou esta noite, graças a Deus, e eu sou o vencedor!

Os sete rostos pálidos e rígidos ergueram os olhos para ele.

Havia um ódio insaciável em seus olhos. Ele leu neles a ameaça implacável.

– Talvez vocês pensem que o jogo ainda não acabou. Bem, esse é um risco que eu vou correr. De qualquer forma, alguns de vocês não poderão mais fazer nada, e há mais sessenta além de vocês que verão uma cela de prisão esta noite. Isto eu lhes digo: quando fui colocado neste trabalho, eu nunca acreditei que houvesse uma sociedade como a de vocês. Achei que fosse conversa, que eu provaria que se tratava de história. Eles me disseram que tinha a ver com os Homens Livres; então eu fui até Chicago e me iniciei como tal. Naquele momento, eu tive ainda mais certeza de que era apenas uma história fictícia, pois não encontrei nada que denegrisse a sociedade, apenas que se tratava de uma boa causa.

"Ainda assim, tive de realizar meu trabalho, e eu vim para os vales de carvão. Quando cheguei a este lugar, descobri que, afinal, não se tratava de uma história de romance barato. Então eu fiquei para investigar. Nunca matei um homem em Chicago. Nunca cunhei um dólar na minha vida. Aqueles que eu lhes dei eram tão autênticos como quaisquer outros, mas nunca gastei dinheiro de melhor forma. Apesar disso, eu conhecia o caminho para cair nas suas boas graças e então eu fingi que as autoridades estavam atrás de mim. Tudo funcionou exatamente como eu pensava."

"Então eu me juntei à sua loja infernal e participei da minha cota de reuniões. Talvez eles digam que eu era tão mau quanto vocês. Eles podem dizer o que quiserem, contanto que eu os capture. Mas qual é a verdade? Naquela noite, eu me juntei ao espancamento daquele velho chamado Stanger. Eu não pude avisá-lo, porque não houve tempo; mas segurei sua mão, Baldwin, quando você o teria matado. Se alguma vez eu sugeri coisas, de modo a preservar meu lugar entre os seus, eram coisas que eu sabia que poderia evitar. Não consegui salvar Dunn e Menzies, pois não tinha informações o suficiente, mas vou me certificar de que os assassinos dele sejam enforcados. Dei aviso a Chester Wilcox, para que quando eu lhe explodisse a casa, ele e os dele estivessem em um esconderijo. Houve muitos crimes que eu não consegui evitar, mas se vocês olharem para o passado e pensarem em quantas vezes o homem que vocês buscavam veio por outra estrada, ou estava no centro quando vocês foram buscá-lo, ou quando ficou dentro de casa quando acharam que ele sairia, então vocês verão meu trabalho."

– Seu maldito traidor! – sibilou McGinty entre os dentes cerrados.

– Sim, John McGinty, pode me chamar assim, se isso aliviar sua consciência. Você e a gente da sua laia foram os inimigos de Deus e dos homens por essa bandas. Foi necessário um homem para se colocar entre você e os pobres diabos de homens e mulheres que você mantinha sob o seu jogo. Havia apenas uma maneira de fazê-lo, e eu fiz. Você me chama de traidor; mas acho que há muitos milhares que me chamarão de libertador que foi até os confins do inferno para libertá-los. Enfrentei três meses disso. Eu não desejaria mais três meses disso nem que me soltassem dentro dos cofres de Washington em recompensa. Tive que ficar até conseguir tudo, até todos os homens e todos os segredos estarem bem aqui nesta mão. Eu teria esperado um pouco mais se não tivesse chegado ao meu conhecimento que o meu segredo estava vindo a público. Chegou uma carta à cidade que os teria alertado quanto a tudo. Então tive que agir e agir depressa.

"Não tenho mais nada a lhes dizer, exceto que quando chegar a minha hora, eu vou morrer com mais tranquilidade quando pensar no trabalho que fiz neste vale. Agora, Marvin, não quero mais detê-lo. Leve-os e acabe com isso."

Agora resta pouco a dizer. Scanlan tinha recebido um recado selado para deixar no endereço da srta. Ettie Shafter, uma missão que ele aceitara com uma piscadela e um sorriso de quem sabe das coisas. Nas primeiras horas da manhã, uma bela mulher e um homem muito encapotado embarcaram em um trem especial que havia sido enviado pela companhia ferroviária e fez uma viagem rápida e ininterrupta para fora da terra do perigo. Foi a última vez que Ettie ou seu amante pisaram no Vale do Medo. Dez dias depois, eles se casaram em Chicago, testemunhado pelo velho Jacob Shafter.

O julgamento dos Scowrers foi realizado longe do lugar onde seus seguidores poderiam aterrorizar os guardiões da lei. Em vão eles lutaram. Em vão o dinheiro da loja – dinheiro arrancado por meio de chantagem em todo aquele interior – foi gasto como se fosse água, na tentativa de salvá-los. Aquela declaração fria, clara e sem paixão de alguém que conhecia todos os detalhes de suas vidas, sua organização e seus crimes não foi abalado nem por todos os ardis de seus defensores. Finalmente, depois de tantos anos, eles foram desmantelados e dispersos. A nuvem foi levantada para sempre do vale.

McGinty encontrou seu destino no cadafalso, chorando e se lamentando quando chegou sua última hora. Oito dos seus principais seguidores partilharam o seu destino. Cerca de cinquenta receberam diversos níveis de encarceramento. O trabalho de Birdy Edwards estava completo.

E, no entanto, como ele imaginara, o jogo ainda não tinha chegado ao fim. Havia outra rodada para ser jogada e ainda outra e outra. Ted Baldwin, para citar um exemplo, havia escapado do cadafalso; assim como os Willaby; assim como vários outros dos espíritos mais ferozes do bando. Por dez anos eles se mantiveram fora do mundo, e então chegou um dia em que eles estavam livres mais uma vez: um dia em que Edwards, que conhecia seus homens, tinha muita certeza de que haveria um fim para sua vida de paz. Eles tinham feito um juramento sobre tudo o que julgavam sagrado de conseguir o sangue dele em vingança, em nome de seus companheiros. E bem se esforçaram em manter o voto!

De Chicago ele foi perseguido e, depois de duas tentativas quase bem-sucedidas, era certo que viria uma terceira. De Chicago ele partiu sob um nome diferente para a Califórnia, e foi lá que toda a luz se foi de sua vida por algum tempo, quando Ettie Edwards morreu. Mais uma vez ele quase foi morto, e mais uma vez sob o nome Douglas ele trabalhou em um cânion solitário, onde, com um sócio inglês chamado Barker, ele acumulou fortuna. Por fim, chegou um aviso de que os cães de caça estavam no seu rastro mais uma vez, e ele partiu, bem a tempo, para a Inglaterra. E daí veio John Douglas que, pela segunda vez, casou-se com uma companheira de valor e viveu por cinco anos como um cavalheiro no Condado de Sussex, até que sua vida terminasse com os estranhos acontecimentos que acabamos de ouvir.

Capítulo 8

• Epílogo •

O julgamento da polícia havia passado, no qual o caso de John Douglas foi encaminhado a um tribunal superior. O mesmo aconteceu nos tribunais de apelação, em que ele foi absolvido por ter agido em legítima defesa.

– Tire-o da Inglaterra a qualquer custo – Holmes escreveu para a sra. Douglas. – Existem forças aqui que podem ser mais perigosas do que aquelas das quais ele fugiu. Não há segurança para o seu marido na Inglaterra.

Dois meses se passaram, e o caso, em certa medida, saiu do primeiro plano de nossas mentes. Então, certa manhã, chegou um recado enigmático pela nossa caixa de correio.

Puxa vida, sr. Holmes. Puxa vida!

Dizia essa singular epístola. Não havia nem cabeçalho nem assinatura. Eu ri da mensagem estranha; mas Holmes demonstrou uma seriedade inusitada.

– Diabos, Watson! – ele apontou e ficou sentado por um longo tempo com a fronte nublada.

Na noite anterior, a sra. Hudson, nossa senhoria, trouxera uma mensagem que um cavalheiro desejava ver Holmes, e que o assunto era de extrema importância. Logo na sequência desse mensageiro, chegou Cecil Barker, nosso amigo do solar cercado pelo fosso. Seu rosto estava cansado e abatido.

– Recebi más notícias, notícias terríveis, sr. Holmes – disparou ele.

– Era o que eu temia – confessou Holmes.

– Não recebeu um telegrama, recebeu?

– Chegou até mim o recado de alguém que o recebeu.

– É o pobre Douglas. Ele me diz que seu nome é Edwards, mas sempre será Jack Douglas de Benito Canyon para mim. Eu lhe disse que eles partiram juntos para a África do Sul a bordo do *Palmyra*, há três semanas.

– Exatamente.

– O navio chegou à Cidade do Cabo na noite passada. Recebi este telegrama da sra. Douglas, hoje de manhã:

> *Jack desapareceu no mar depois de um vendaval próximo de Santa Helena. Não se sabe como ocorreu o acidente.*
>
> *Ivy Douglas.*

– Aha! Veio assim, não veio? – disse Holmes, pensativo. – Bem, eu não tenho dúvidas de que foi bem orquestrado.

– Quer dizer que o senhor acha que não foi um acidente?

– Nenhum no mundo.

– Ele foi assassinado?

– Certamente!

– É o que também penso. Esses Scowrers infernais, esse antro amaldiçoado vingativo de criminosos...

– Não, não, meu bom senhor – Holmes. – Aqui há um toque de mestre. Não se trata de espingardas de canos cerrados e revólveres desajeitados. É possível reconhecer um velho mestre por suas pinceladas. Conheço um Moriarty quando vejo um. Esse crime é de Londres, não da América.

– Mas por que motivo?

– Porque foi feito por um homem que não pode se dar ao luxo de falhar; um homem cuja posição inigualável depende do fato de tudo o que ele faz deve obter sucesso. Um grande cérebro e uma enorme organização foram direcionados para a extinção de um único homem. Está esmagando a noz com o martelo, uma absurda extravagância de energia, mas a noz é esmagada com grande eficácia mesmo assim.

– Como esse homem pode ter alguma coisa a ver com isso?

– Só posso dizer que a primeira palavra que nos chegou a respeito desse assunto foi de um de seus tenentes. Esses americanos foram bem aconselhados. Tendo um trabalho de inglês para fazer, eles firmaram parceria, como qualquer criminoso estrangeiro faria, com esse grande consultor do crime. Desse momento em diante, o homem estava condenado. No começo, ele se contentaria em usar seu maquinário para encontrar a vítima. Depois ele indicaria de que forma o assunto seria tratado. Por fim, quando lesse os relatórios do fracasso desse agente, ele mesmo entraria no caso com um toque magistral. Você me ouviu alertar esse homem do Manor House Birlstone de que o perigo que se aproximava era maior do que o anterior. Eu não estava certo?

Barker bateu na cabeça com o punho cerrado, em sua raiva impotente.

– Está me dizendo que temos que nos curvar diante disso? Está dizendo que ninguém jamais poderá fazer jus a esse rei demônio?

– Não, não digo isso – falou Holmes, e seus olhos pareciam olhar para o futuro. – Eu não digo que ele não possa ser derrotado. Mas é preciso me darem tempo... É preciso me darem tempo!

Todos nós ficamos sentados em silêncio por alguns minutos, enquanto aqueles olhos fatídicos ainda se esforçavam para perfurar o véu.